中公文庫

# 人生教習所（上）

垣根涼介

# 目次

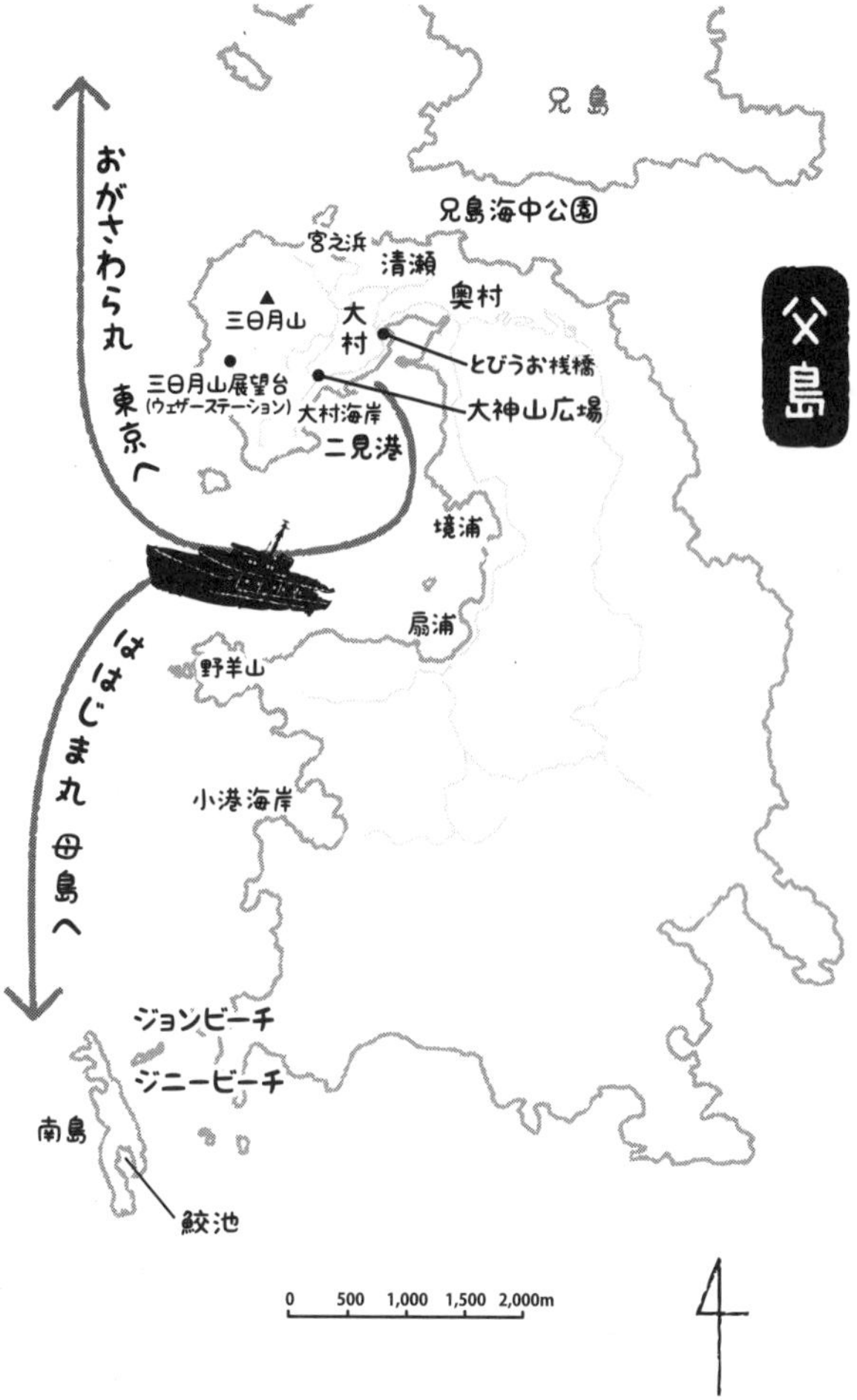
父島
兄島
兄島海中公園
宮之浜
清瀬
奥村
三日月山
大村
とびうお桟橋
三日月山展望台
(ウェザーステーション)
大村海岸
大神山広場
二見港
境浦
扇浦
野羊山
小港海岸
ジョンビーチ
ジニービーチ
南島
鮫池
おがさわら丸 東京へ
ははじま丸 母島へ
0 500 1,000 1,500 2,000m

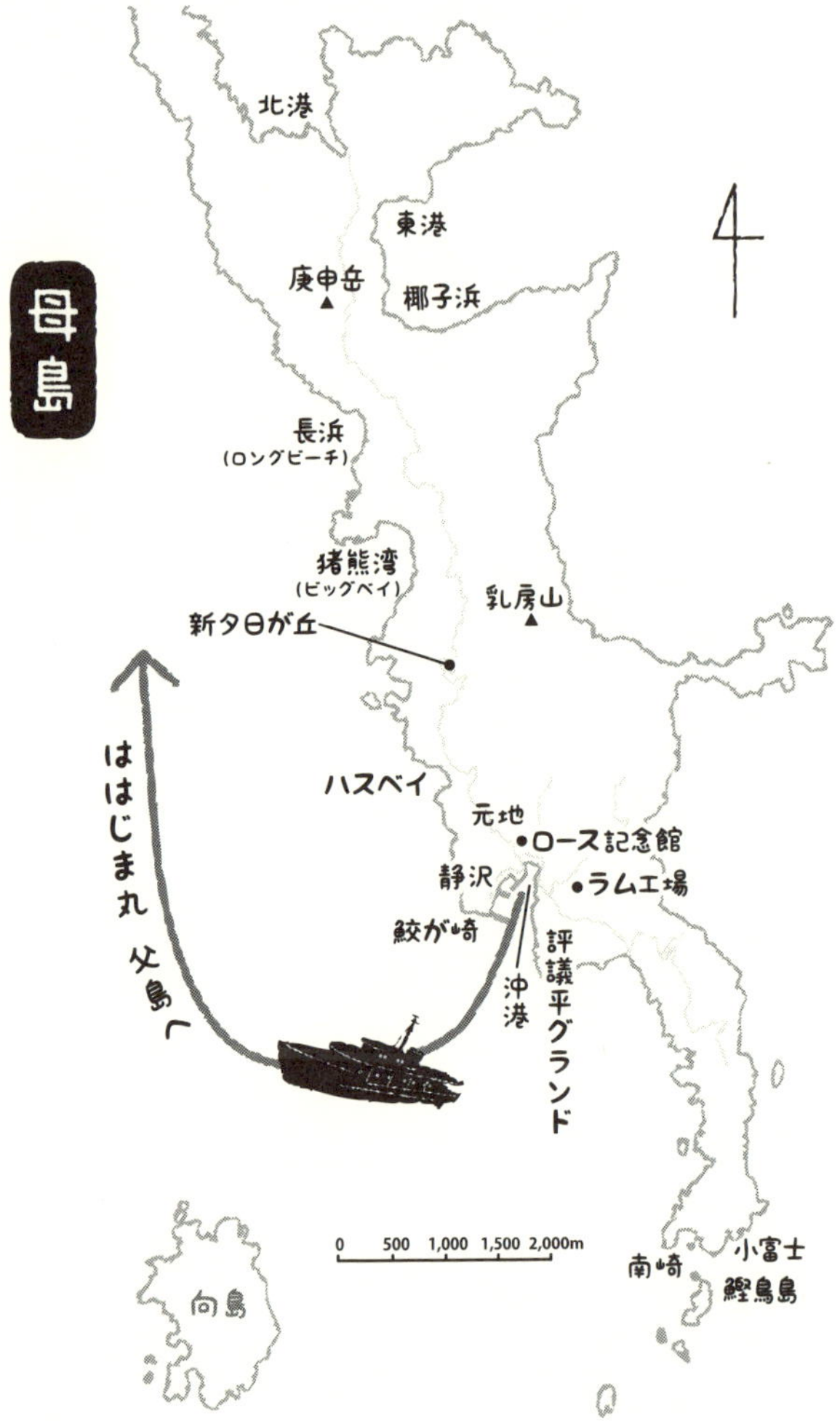
母島
北港
東港
庚申岳
椰子浜
長浜
(ロングビーチ)
猪熊湾
(ビッグベイ)
乳房山
新夕日が丘
ははじま丸
父島へ
ハスベイ
元地
ロース記念館
静沢
ラム工場
鮫が崎
評議平グランド
沖港
0 500 1,000 1,500 2,000m
南崎
小富士
鰹鳥島
向島

地図製作　bookwall

# 人生教習所（上）

# 第一部　海を渡る船

小笠原諸島。

東京湾から千キロ南下した太平洋上の絶海にある。

東京都に所属する群島だ。品川陸運局の管轄でもあるので、人口二千五百人ほどの小さな島の中を『品川ナンバー』のクルマが我が物顔で走っている。

この島は、終戦直後の一九四六年から一九六八年まで実質的なアメリカ領だった。青い瞳に栗色の髪の『山田一郎』などという純然たる日本国籍を持つアングロサクソン系およびポリネシア系の日本人だけが、百人ほど住んでいた。

当時の住所は、『アメリカ合衆国　カリフォルニア州　サンフランシスコ市　小笠原村大字』だ。

だからその当時、日本国内に留まっていた彼らの親戚たちが彼ら宛てに出す手紙は、エアメールだった。エアメールはまず飛行機でカリフォルニア州まで運ばれ、サンフランシスコ中央郵便局の消印を押されたあと、アメリカ海軍の船によって小笠原諸島まで運ばれる。『山田一郎』たち青い目の日本人に手渡されることとなる。

さて。

そんな島に、総勢二十八名の〝大人の落ちこぼれ〟たちが『おがさわら丸』に乗って向かった。

*　　*

平成十九年　四月一日――。

毎朝新聞の第二面。全五段を使用した新聞広告。

人間再生セミナー　「第三回小笠原塾開校」

開校主旨……現存する多岐の学問から最大公約数的な人生の方法論を教え、新しい認知を確立させる。そして新しい生き方の指針となるセミナーを行う。

受講科目……統計学、生物学、比較文化学、社会学、人類学、生理薬理心理学、認知心理学、言語心理学。及びこれらの科目に伴うフィールドワーク。

受講期間……平成十九年六月六日～六月十七日。

ただし六月九日に行われる中間試験に不合格となった生徒は、翌十日に退塾。同日出発の『おがさわら丸』にて本土へ帰還していただきます。

受講金額……五十万円（東京・竹芝桟橋～小笠原父島までの交通費・二等船室、及び母島までの往復交通費、父島と母島の宿泊費、受講金額を含む）。ただし中間試験で不合格となった生徒には、三十一万五千円（残り七日分の受講代・宿泊代、母島までの往復交通費）を返金します。受講金額の内訳は下記アドレスへアクセス願います。

就職支援……セミナーの最終合格者で新たに就職を希望する生徒には、その適性を見て就職活動を支援する。なお、その際の支援団体は、最後の項目である協力団体を参照のこと。

募集人員……最少二十名。最大三十名。

応募資格……年齢学歴不問。ただし、当方での書類選考あり。書類選考の上、最少催行人数の二十名に満たなかった場合には、この小笠原塾の開校を中止する。

応募要項……履歴書と入塾動機（原稿用紙五枚以内）を下記の事務局まで送付。締め切りは四月十日（当日消印有効）。

主催団体……『小笠原塾運営事務局』（NPO法人・青葉の会）
事務局代表者・鷲尾総一郎（わしおそういちろう）（元日本経団連会長）

協力団体……日本心理学会、日本教授会連合会、日本経団連、東京商工会議所、大阪商工会議所、小笠原村商工会、小笠原村教育委員会、小笠原村観光協会、小笠原母島観光協会、毎朝新聞文化部、毎朝新聞広告部、新日本交通公社（株）。

浅川太郎（あさかわたろう）

一九八七年　七月十六日生。十九歳。
本籍地　東京都　世田谷区　祖師谷5―67
現住所　同上
二〇〇〇年　区立世田谷第三小学校卒業
二〇〇三年　区立世田谷第一中学校卒業
同年　筑波大学付属駒場高校入学
二〇〇六年　筑波大学付属駒場高校卒業
同年　東京大学文Ⅲ入学
二〇〇七年　一年次を終えた現在、休学中

入塾動機

「正直に申し上げますと、両親に頼まれて応募したのが、その動機となります。当然、今回の受講料も両親が出す予定になっております。

私は履歴書の通り、本来なら今年大学の二年生に進んでいるはずですが、どうにもこのまま通い続ける気にならず、現在は大学へは行っておりません。

私の人生は、今のところ特に語るに値するような事柄はないかと思います。自分の日常に多少の疑問を覚えつつも、なんとなく両親や学校の先生に言われるまま、あるいは他の生徒がそうするのに流されて大学生になりました。よくある学生の一典型だと思います。

一人っ子として育ち、金銭的、家庭環境的にもほとんど不自由のない幼少期を過ごし、今も両親に養ってもらっております。就労しているわけでもないので、時間的な余裕もあります。ですから、その両親の希望することなら出来る限りは添いたいと思っております。

父親は以前から、今回の事務局代表者である鷲尾総一郎さんの著作のファンで、この方が主催するセミナーなら間違いはないと説得を受け、応募するに至りました。

また私自身も、両親ほどの熱意ではないにしろ、今回のセミナーで何か得るものがあればと思っております。その上でもう一度、今後の自分の人生を考えてみたいと思います。

はなはだ意志薄弱な志望動機であるのは承知いたしております。ですが、何の社会経験もなく淡々と社会に敷かれたレールの上に乗ってきた私に言えるのは、これぐらいのことでしかありません。

ご検討のほど、どうぞよろしくお願いいたします」

両親の運転するクルマが旧芝離宮庭園の脇を過ぎたところで、信号につかまった。開け放ったクルマの窓から、かすかに潮風が吹き込んでいるような気がする。

海は、もう近い。

「お父さん、あとどれぐらい」

助手席に座っている母親の後頭部が横を向いた。

「たぶんあと五百メートルぐらい」父親はナビを指差しながら答える。レクサスのGS350。買ったばかりの父親自慢のクルマだ。「あと信号二つぶんだから、一、二分で着く」

母親の顔がこちらを振り返った。

「太郎くん、聞いた？　そろそろ到着みたい」

うん、と太郎はうなずいた。

「ぼやぼやしてちゃダメよ」母親はさらに続ける。「今のうちにもう一度持ち物チェックして。酔い止めはちゃんと持ってきた？」

「デイパックの外ポケットに入っている」

「帽子は？」

「トランクのバックパックの中」

「じゃあ水着は？」矢継ぎ早に母親は質問してくる。

「おいおい」父親が口を挟んだ。「太郎だってもうすぐ二十歳だ。自分の旅支度ぐらい自分で出来る」

太郎は少し笑った。

そういう父親だって、今日は会社を休んでわざわざ太郎を竹芝桟橋まで連れてきている。心配なのだ。行くとは言ったものの、以前に自分がいきなり大学を辞めたいと言い出したときのように、途中で気持ちが変わって『おがさわら丸』に乗らないことを恐れている。だから電車ではなく、こうしてクルマで送ってきている。

両親の愛に包まれ、素晴らしく過保護に育ってきた自分……ストレートで今の大学に受かったときなど、気も狂わんばかりに喜んだ。おめでたい。そしてウンザリだ、と思わないこともない。たかが大学に受かっただけなのに。その後の人生の方が、うんと長いのに。

それにしても、と思う。まさかあんな履歴書で採用されるとは思わなかった。

むろん応募する以上は受かりたいと思っていた。そのほうが両親も喜ぶ。だから選考者の心証を良くするような書き方をした。嘘は書いていない。本当にそう思っている自分のある部分を、抽出して書いた。人間は馬鹿ではない。高校や中学時代、沈黙を恐れ、面白くもないのに会話のための会話をつむぐクラスメイトが傍目に薄ら寒く見えていたのと同様、その時々の感情に嘘をつく人間の言葉は、たとえ文面でも相手に伝わるものだ。それくらいは太郎にも分かる。

だから自分のある部分を増幅し、心をこめて書いた。とはいえ、それが本当の自分自身かと問われれば、たぶん違う。

本当の自分は、もっと空っぽな存在だと思う。能動的にしたいと思えることは何一つないし、趣味もない。大学だって偏差値で選んだだけだ。彼女を作りたいとも思わない。性欲が高まってきたときにはオナニーで充分だと思う。そんな本来の空虚さは、いくら選考者の心証を良くしようと思って書いても、滲むものだと感じる。

でも、結果として書類選考に合格した……チョロイものだと思う反面、そんな太郎の裏まで見透かした上で、こんな小ずるい奴も、中には居てもいいか、ということで合格したのかもしれない。

内心で再び笑った。ま、どっちでもいい。いつものように自意識過剰になっている自分。太郎は知っている。中身のない愚かな人間ほど自意識過剰に陥る。自分のことにしか興味がないからだ。つまり自分のことだ。

「――くん」

気がつけば母親がこちらを見ていた。

「太郎くん、ナニぼうっとしてんの」母親は再び自分の名を呼んだ。「着いたわよ」

たしかにクルマは、ゆりかもめの竹芝駅の真下で停車したところだった。東海汽船のフエリーターミナルは、その竹芝駅のすぐ南側に隣接している。

父親も顔をしかめる。

「太郎、おまえのそのぼうっとする癖は、なんとかならないか」

「ごめんごめん」

言いながら脇のデイパックを手に摑(つか)んだ。

歩道を横切り、竹芝駅前を過ぎ、フェリーターミナルの入り口まで来た。

たぶん乗船客なのだろう、外のレンガ敷きの広場には数多くの人が屯(たむろ)している。

午前九時三十分。出航三十分前。

ターミナル待合室のドアを開けようとしたところで、母親の携帯がピリピリと鳴り出した。太郎はなんとなく気になる。手提げから携帯を取った母親は、あ、はい、と言った。束の間携帯に耳を傾けていたが、「分かった。じゃあ待合室の中にいるから」と電話を切った。

「お父さん」母親は太郎を見上げて言った。「今ね、隣のインターコンチの駐車場にクルマを入れたんだって。すぐに来るって」

太郎はうなずいた。お父さん、なんてわざわざ言わなくても分かっているのに。

フェリーターミナルの中は、さらに多くの人でごった返していた。予約チケットを乗船券に換えるための窓口は、どのブースにも長蛇の列ができている。

屋外から差し込んでいる六月の陽光が、タイル張りの床に反射し、ガヤガヤと口を開き続けている彼らの足元を、妙に眩しく照らし出している。

そういえば、こうして家の外に出たことなんか、久しぶりだな。

太郎は母親を連れ、もっとも短い列の最後尾に付いた。

「太郎くん、チケットは？」またもや母親が持ち前の心配性ぶりを発揮してくる。「家に忘れてきてない？」

太郎は提げていたデイパックの表ポケットから予約チケットを取り出してみせた。

「ちゃんと持ってきているよ」

「よかった」母親は太郎の二の腕をつかみ、笑う。「でも、本当に二等船室でよかったの？」

「いいよ」

「けどね、ああいう場所はみんなでゴロ寝なのよ。隣の人の肘や肩が当たったりして、よく眠れないかも知れないわよ。お母さんね、本で調べたんだけど、船酔いに睡眠不足は禁物なんだって」

思わず苦笑する。前にネットで乗船料金を調べた。小笠原までの唯一の交通手段である『おがさわら丸』は、完全なる航路独占状態だ。『二等』運賃でも往復四万五千円以上、個室の『特一等』は、十万円以上。さらに一番グレードの高い『特等』の部屋は二名一室で十一万以上もする。一人で利用するとその倍額の二十二万だ。いくらなんでも、そこまで親に負担はかけられない。

「だから、いいって」

そう答えた直後、不意に前方の空気が揺れたような気がした。

太郎は正面に向き直った。

前に並んでいた大柄な男が、こちらを振り返ったところだった。

相手はその恰好からしてすでに尋常ではない。白麻のジャケットの胸ポケットには、青いサングラスがかかっている。大きくはだけたグレーのシャツの胸元には太い金色のネックレス……オールバックの髪の下で、太い眉と三白眼（さんぱくがん）の瞳が値踏みするかのように太郎を見下ろしている。

男は一瞬、いかにも太郎を小馬鹿にしたように口の端で笑った。

が、それだけだった。

すぐに、いかにもつまらぬものを見たと言わんばかりの素振りで前方に向き直った。

大きな白い背中がふたたびこちらを向く。仕草（しぐさ）といい恰好といい、見るからに佞悪（ねいあく）そうな雰囲気をその全身から発散している。

つい母親と目が合った。母親はこわばった顔で自分を見上げている。ちょっと怖い、とその顔には書いてある。もちろん太郎も、男に見つめられたときには少しどきりとした。

ヤクザ？

母親が声を発さぬまま口元を動かす。

太郎はうなずき、相手に聞こえぬよう小声で答えた。

「たぶんね」

途端、母親が太郎の手を引っ張った。意味は分かった。どこか他の列に移ろうというこ とだ。しかし太郎は無言で首を振り、背後を指差した。母親が振り返る。自分たちの後ろには、すでに十人ほどの行列が出来ていた。もっとも混み合う時間帯なのだろう、他の列もさらに伸びている。これから改めて並び直すのは馬鹿げていた。

母親も太郎の言わんとすることが分かったのか、すぐに諦めて手を離した。

やあ、太郎。

そんな呼びかけに再び顔を上げる。ちょうど父親がこちらに近づいてくるところだった。

「待たせたか」そう言って父親は目の前で足を止めた。「駐車場から意外と時間がかかってなあ」

「そうでもないよ」太郎は答えた。「十分も待ってないし」

そう話しているうちにも列はじわじわと進んでいく。数えると、目の前のヤバい男を入れて窓口まであと三人だった。

「太郎くん、二週間のお別れだね」

急に母親がしんみりした口調で口を開く。顔を見ると、早くもその両目尻が、いかにも淋しそうに潤んでいた。

「ね、ちゃんと毎日電話ちょうだいね」

すまないとは思いつつも、太郎は笑いを堪えるのに必死だ。港での別れ。船での旅立ち。母親はもう、すっかり感傷の世界に浸っている。

ふと父親を見た。さすがに父親も苦笑いを浮かべている。

あのなー、おまえ、と父親が母親に向かって口を開く。「太郎が行くところは、別に遠い外国じゃないぞ」

「それはそうだけど……」母親は涙目になったまま口ごもる。「だって、船で二十六時間もかかるのよ。やっぱり遠いわ」

「二十六時間じゃない」父親は訂正する。「正確には二十五時間半だ」

「たいして変わらないじゃない」

ガラ、ガラガラガラ――。

不意に耳障りな音が響いてきた。再び前を向く。例のヤバい男。両手に大きなスーツケースを引きながら窓口の前まで進んでいく。太郎たち三人も、慌ててその男の後ろまで進んだ。

斜め後方から、その男の予約チケットを差し出す手元が見えた。

「『特等』だ」野太い声で男は言った。

「一名様のご利用ですよね」窓口の女性が確認の声を上げる。

そうだ、と男は答えた。

往復二十二万の運賃……この無駄な見栄（みえ）の張り方。やっぱりヤクザだ、と思う。

窓口の女性が乗船券を差し出す。ちらりと見えた。その表にはたしかに特等の文字が躍っている。男はその乗船券を無造作にポケットに突っ込むと、ふたたびスーツケースを両手に持って、こちらを振り返った。

束の間、太郎と視線が絡んだ。

男は一瞬にやりと笑い、口を開きかけた。直感で分かる。たぶん太郎たちの会話を背中で聞いていた。何か揶揄（やゆ）するつもり……だがすぐに、何故かその顔に迷いの表情が浮かんだ。

結局は口元を引き結び直し、何も言わずに太郎の前を去った。

次の方、どうぞー。

窓口の女性が顔を上げる。

「はい」

太郎は背中にデイパックを担ぎなおし、大きなバックパックを引き摺（ひず）りながら窓口に進む。

予約チケットを差し出した。

柏木真一（かしわぎしんいち）

一九六八年　九月二十三日生。三十八歳。
本籍地　群馬県　吾妻郡（あがつま）　高山村　大字窪川２８６
現住所　東京都　新宿区　中落合（なかおちあい）３―24―１―１０５
一九八一年　高山村立吾妻小学校卒業
一九八四年　高山村立吾妻中学校卒業
同年　群馬県立沼田工業高校入学
同年夏　群馬県立沼田工業高校中退
同年夏　有限会社『アイ・ドミンゴ』入社
業務内容　飲食店・風俗店・遊技場の管理・運営
一九九七年　業務部長に昇進
一九九九年　専務取締役に就任
二〇〇三年　有限会社『走流企画』設立。代表取締役社長

業務内容　飲食店及び風俗店の経営
二〇〇六年　ブラジルへ渡海
二〇〇七年　帰国

入塾動機

「私は現在無職で、就職活動中の身です。何故そうなったのかを、履歴を追って順に説明させていただきます。

私は、群馬県の草深い田舎（いなか）で育ちました。幼い頃はどこにでも転がっている、何の変哲もない子どもでした。両親がやや不仲だったことを除けば、であります。

きっかけは十五歳の、高校一年のときでした。私たちの村に移動販売でよくやってきていた魚屋がいたのですが、母親がその男と駆け落ちしました。よくある話です。しかし、私には狭い世間の目が耐えられず、逃げ出すように東京に出てきました。親の金を二十万盗んで、です。

ですが、何の技能もない十五歳の若者をおいそれと雇ってくれるところも見つからず、結局は池袋にあった暴力団のフロント企業に入りました。はっきり言えば舎弟（しゃてい）です。十年以上食うや食わずの下働きを経験し、ようやく二十八歳で組の役付き——組織的に言えば業務部長ですが——若衆取り纏（まと）め役に就任しました。どんな組織でもそうだと思いますが、いったん出世の波に乗ると、よほどのしくじりがない限り、そのスピードは速いものです。私もそうでした。さらに六年後には筆頭若頭になり、独立した組織を構えるまでになりました。表向きには有限会社『走流企画』の代表取締役社長というのが、それです。

自由にできる金も格段に増え、女も囲い、いいマンションに住みベンツに乗り、傍目から見れば一見いい暮らしのようにも思えます。

ですが、その待遇のぶん、組への責任も格段に大きくなります。はっきり言えば上納金です。営業マンと同じで、その期の数字をなんとかこなしたとしても、次の期にはさらに上乗せされた目標を上層部から求められます。クリアできなければ良くてヤキを入れられ、悪ければ降格です。かと言ってクリアしたらさらに上乗せです。そんな蟻地獄的なプレッシャーに耐えられなくなり、というか正直ウンザリして、私はある日組織から逐電（ちくでん）しました。十五のときに引き続き、黙って逃げ出したのです。

そんな私を組織が許すはずもないと、当然のように思いました。だから地球の裏側にあるブラジルにまで逃げたのです。私はヤクザの時から経済雑誌や新聞は毎日欠かさず読んでいました。ですからブラジルは逃亡者の天国だということを知っていました。あちらで結婚をして現地人との間に子どもを作れば、ブラジル国籍が得られます。一生日本に戻らなくていいので、追い掛け回される心配もありません。

ですが、ポルトガル語も出来なかった私です。そうはうまく事は運ばないものです。おまけに背中には派手な紋々を背負っております。なんとかベッド・インまで漕ぎ付けても私の背中を見た女たちは『オゥイっ。ジャパニーズ・マフィア!』と叫んで逃げ出す始末でした。もちろん商売女は金さえ払えば寝てくれました。親しくなった娼婦もおりますが、彼女たちとの結婚はさすがに考えられませんでした。

別に彼女たちの職業を軽蔑して言っているわけではなく、彼女たちの資本はその身一つです。歳をとればその稼ぎは無くなります。私も偉そうなことは言えませんが、彼女たちは娼婦に身を落とすような境遇の育ちですから、有力な縁者の伝もありません。そんな女性と、現地語も解さぬ外国人が結婚したとして、将来の困窮は火を見るよりも明らかです。たとえブラジル国籍を取得できたとしても、やがては物乞いするしかなくなるでしょう。

リオ・デ・ジャネイロからサルバドール、レシフェ、サン・ルイス、ベレン、マナウスと、ほぼ一年をかけて、ブラジルを北上するうちに、いかに自分の考えが浅いものだったかを思い知らされました。

そんなある日、私は意を決して、日本の知人に国際電話をかけました。以前に私が組の若頭をしていたときの舎弟です。彼にはいくらか貸しがありましたし、私自身も可愛がっておりましたので、まずチクるようなことはないと考えました。

電話して驚きました。なんと私が所属していた組織が、跡形も無く消滅していたのです。というのも、私が逐電した直後に、どういうわけか組長も行方不明になり、その空いた跡目を巡って激しい内部抗争が起こったらしいのですが、その隙を池袋に進出してきた関西系の広域暴力団に突かれ、徹底的に壊滅させられたらしいのです。……万が一私を誘い出すためのガセネタの可能性もあるかも知れないと考え、マナウスのインターネット・カフェで以前の組織のことを調べてみたところ、その話は事実のようでした。

私にはもう、ブラジルに留まる理由は何もありませんでした。そして今年の二月に帰国しました。現在も就職活動中です。

もうヤクザに戻る気はありません。どこからか逃げ出すのにも、もうウンザリです。ですが、前歴が前歴だけに、なかなか私を快く受け入れてくれる企業が見つかりません。

この機会に、自分が心身ともに新しく生まれ変われたらと考えております。そしてその上で就職も出来れば、と……。

応募要項の五枚を多少超えてしまいましたが、ご検討のほど、よろしくお願い申し上げます」

ふう――。

柏木は思わずため息をついた。

死にそうになるほど重いスーツケースを抱え上げるようにして船内の螺旋(らせん)階段を上り、ようやく三階デッキに到着した。たった二週間でスーツケース二個はさすがに多すぎたと思う。

が、まあいい——。

女は顔が命というが、男だってそれ以上に見てくれは大事なもんだ。みすぼらしい恰好を晒していたら、いつ何時他人から要らぬ侮りを受けぬとも限らない。世の中ってのは、そういうもんだ。

そう思いなおし、ふたたび両手にスーツケースを持ち、船首側にある特等船室の入り口へと進んでいく。

タラップから船に乗り込んだとき、柏木は『特等』の乗船券を見せつけながら「部屋は大体どこらあたりにある？」と係員に聞いた。

あ、それでしたら、と丁寧な口調で相手は答えた。

「三階デッキまで上がっていただき、船首左舷側にあります特一等船室の先、一番奥となります」

……遠い。

だが、狭い廊下をスーツケースを引き摺るようにして歩いていきながらも柏木は思う。

たぶんおれが二等船室のチケットを見せたら、係員もあそこまで慇懃な態度は見せなかった。つまりは、これも見てくれだ。そして見てくれを保つためには金がかかる。そういうもんだ。

ともかくも廊下の奥まで進んだ。

右手のドアに『特等』のプレートがかかっている。ここだ。この部屋だ。

思いながらドアを開けた。途端、柏木は呆気にとられた。

――なんだ。これは？

革靴の足先には五十センチ四方ほどのちびた三和土があり、そこから左に二メートルも行かないうちに嵌め殺しの窓になる。その先に白い甲板が見える。さらに言えば部屋の奥行きも四メートルはない。つまりは十平米以下の部屋の広さ。天井もおそろしく低い。身長百八十センチの自分の頭頂部が、危うくつかえそうな錯覚に陥る。狭いシングルベッドが二つ、奥の壁に沿ってギチギチに詰め込まれている。

あ。

これが往復二十二万の部屋だと。

なめんじゃねえぞ。これじゃまるで監獄じゃねーかよ。

スーツケースを狭いカーペットの上に放り出し、憤然としたまま座り込む。それでも収まらず、側頭部を搔き毟った。

しばらくして深いため息をつく。

やれやれ、手持ちの金だってもう二百万を切っているというのに……。

一年以上前に組を逐電したとき、柏木は一千六百万の金を持っていた。組に内緒でセコセコと貯めてきた小金だ。囲っていた女にその半分を渡し、相手にも東京から行方をくらますように言い含めた。

「ここに残っていれば、おまえは間違いなく組のチンカス連中に捕まる。おれの居所を尋問された挙句、散々に慰み者にされる。最悪は誰の子どもとも分からないガキを孕む。嫌だろ？」

柏木と別れるのが辛かったのか、それとも単に住み馴れた東京を去るのが嫌だったのか、最初は駄々をこねていた女も、最後は大泣きに泣きながらうなずいた。

柏木は八百万を持ってかの地へと逃亡した。いくら物価の安いブラジルとはいえ、一年以上の滞在だ。ホテル代や食費も切り詰めていたつもりだったが、今年の二月に帰国したときには三百万を切っていた。以来ずっと、中落合のウィークリーマンションで一人暮らしだ。

ごーん、という船倉からの内燃機関の音が部屋中に微振動を起こしている。なんとも冴えない部屋だ。柏木はもう一度思い切りため息をつく。

やれやれ。

二十一世紀のこの現代に、今どき船旅とは。しかも二十六時間近くもかかるなんて、ブラジルへ行ったほうがよっぽど早いぜ――。

なんとなく立ち上がった。三和土まで数歩引き返し、ふたたび靴を履く。

この部屋にいると気が滅入りそうだ。どうせしばらくは陸を見られない。クサクサする。気晴らしにデッキに出航の様子でも見に行くか。

三階デッキの甲板に出た。

桟橋側に面する舷側の手摺には、多くの人が群れている。見送りに来た人間に別れを惜しむ者や、単に出航の様子を眺めに来た者でごった返している。柏木はそんな舷側に近づいていく。ちらりとこちらを振り返る人たち。ごく自然に、柏木の周囲で人垣が割れていく。いつものことだ。人はおれを見ると道を譲る。たぶん近づきたくない人種の臭いがするんだろう。

苦もなく舷側の手摺までたどり着き、まだ接岸している船の上から竹芝桟橋を見下ろす。だだっ広い桟橋の上は、見送りの人で溢れていた。こちらを見てさかんに手を振っている。

おれには、そういう相手はこの日本に一人もいないな——。

組の連中とはこの一年の間に完全に切れたし、会いたいとも思わない。郷里である群馬の幼馴染とも、十五で出奔して以来、音信不通だ。日本に限らずブラジルで出会ったいろんな人間にしても、しょせんは一過性の関係で、その場限りの付き合いだった。

そんなことを思いながら、桟橋の上をもう一度ぼんやりと見遣った。

お――。

もう一度目を凝らす。

さかんに手を振っている人ごみの中に、見覚えのある顔が二つあった。中年の男女。男のほうは無表情に、そして女のほうは今にも泣き出しそうな顔で手を振っている。

あれだ。さっきターミナルでおれの後ろにいた、あのふにゃちん小僧の両親だ。

桟橋から見上げている彼らの視線の先を追った。柏木のいる場所から、やや左手に十メートルほど……。

見つけた。舷側の人ごみに紛れて、ひょろりとした若者が手摺に寄りかかるようにして立っている。こちらも両親に向かって軽く手を振っている。

柏木はつい笑った。

この小僧、体の線は細いが、形(なり)はどう見ても高校生じゃない。雰囲気からしてたぶん大学生だ。柏木に言わせれば、そんないい大人がたかが国内旅行に出かけるのに、わざわざ竹芝桟橋まで両親に見送ってもらっている。うん……間違いなく脛齧(すねかじ)りの大学生野郎だ。

先ほど、柏木の背後から聞こえてきた会話を思い出す。

太郎くん、チケットは？　家に忘れてきてない？

ちゃんと持ってきているよ――そう答えたほうの声音は、明らかに子どもではない。

よかった、と母親と思(おぼ)しき声が続ける。でも、本当に二等船室でよかったの？

この時点で柏木は危うく笑い出しそうになっていた。

——ったく。世の中にはとんだマザコン野郎もいたもんだぜ。

母親の戯言（たわごと）はさらに続いた。

けどね、ああいう場所はみんなでゴロ寝なのよ。隣の人の肘や肩が当たったりして、よく眠れないかも知れないわよ。

うっ。

再び噴き出しそうになった。

いったいナンなんだこいつらは？　どんな間抜け面を晒してこんなふやけた会話をしてやがんだ。

つい好奇心に耐え切れず、後ろを振り向いた。

最初、すぐ背後にいた若者と目が合った。案の定、青白い顔のひょろりとした、う、ら、な、り野郎だった。さらにその後方に小柄な中年女が立っている。

なるほどね——。

お気楽ご気楽な親子愛、めでたしめでたし。もう充分。目の穢（けが）れだ。

思いっきり皮肉な笑みを投げつけたあと、すぐ前に向き直った。

束の間の沈黙のあと、若者の小声が聞こえた。

たぶんね。

柏木はすぐにピンと来た。こういう状況は以前に何度も経験している。自分を指差して囁(ささや)かれるひそひそ声。ひょっとしてヤクザ？

ムカつく親子丼(おやこどん)だ。囁くなら相手に感づかれないように喋れ、このカケスが。

やあ、太郎。

そんなうらなりへの呼びかけが、遠くから聞こえてきた。

駐車場から意外と時間がかかってなあ。

たぶんこのうらなりの親父——柏木は背中で聞きながら、ふたたびニヤついてくる自分をどうすることもできない。

ふん。ハッピー家族、ここに勢ぞろいってわけだ。

前の列が進む。あと二人で窓口だ。

太郎くん、二週間のお別れだね。

母親の鼻声が聞こえる。

ね、ちゃんと毎日電話ちょうだいね。

さらに笑いを必死に嚙み殺す。

ばーか。一生親子漫才演じてろ。聞いているこっちが恥ずかしくなる。

うっせえ小蝿(こばえ)どもだ。

目の前がようやく空いた。柏木はわざと音を立ててスーツケースを盛大に引いた。

窓口で予約チケットを乗船券に換え、後ろを振り向いた。

いいですなあ、みなさん幸せ一家で！

思いっきりそう皮肉を投げつけ、立ち去るつもりだった。

が、うらなりの両親を見た途端、吐き出しかけた皮肉が喉元（のどもと）で止まった。

母親がまるでうらなりを庇（かば）うようにして、一歩前に出てきていた。父親も警戒心が滲み出た顔でこちらを見ている。おずおずとしながらも、おれの家族にちょっかい出すなよ、と言わんばかりの面構えだ。

……おれには、こういう風に可愛がってくれた親はいなかったな。

つい逃げるようにしてその場を去った――。

左手に立っているうらなりは、まだ両親に手を振っている。

しかしこの小僧、いったい何の用で小笠原くんだりまで行くのか。あの母親の嘆きようからして、単なる遊びじゃないだろう。先ほどの母親の言葉を思い出す。

太郎くん、二週間のお別れだね。

二週間？……まさか。

あっ、こいつ、まさかあのセミナーに行くのか？

しかし、まさかな。こんなうらなり野郎が合格するはずがねえ。

……でも、元ヤクザの自分だって合格した。しかも現在は無職——洒落にもならん。そんなおれに比べれば、こんな冴えないうらなりでも百倍はマシだろう。

ぷぅおおおぉー

いきなり至近距離で鼓膜を突き破るような汽笛が鳴った。後方上部を振りかえる。最上階デッキの上に突き出ているディーゼルエンジンの排気口。

ぷぅお、ぷぅおおおぉー

どうやら汽笛は、その排気口近くから響いてきている。出航するのだ。

やがておがさわら丸は、じわりと桟橋を離れた。

開いていく岸壁と舷側の間。緑青色をした東京湾の水面が船底のスクリューに掻き回され、泡だった白濁色に変化していく。桟橋上の見送りの人間たち。誰も彼もいっそう大きく手を振っている。

うん……。

柏木はその前歴にも拘わらず、本や雑誌を読むのが好きだ。この研修に出る前にも、小笠原に関するガイドブックやノンフィクションを読みまくった。無職ゆえ、腐るほど時間があったことにもよる。なんでもその本によると、小笠原に旅立つ人間は、観光に行く者も多いが、南の島に憧れて移住したり、一年か二年バイトをしながら現地で暮らしてみようという人間も結構な割合でいるらしい。

だから、桟橋の人間も、デッキ上の人間も、みんな懸命に手を振っているのかもしれない。

さようならー。

またねー。

ディーゼルの排気の匂いが強くなる。

旅客ターミナルや、その隣にあるインターコンチネンタル東京ベイや、アジュール竹芝などの高層ビル群が、柏木の目の前からゆっくりと離れていく。

動いていく東京湾の景色。大都会(メガ・シティ)・東京が次第に離れていく。遠ざかっていく。

船がレインボーブリッジをくぐり、右手に見える大井埠頭(ふとう)のコンテナ集積場を過ぎ、羽田空港に離着陸している飛行機の音が聞こえなくなった。

しばらくして、洋上の遠くに『海ほたる』がぽっかりと浮かんでいるのが見えた。東京湾アクアラインの中継地だ。

そういや、あいつともここに来たな。でももう、二度と会うこともない。

囲っていた女と縁切りになったあと、一年間をブラジルで過ごし、日本に帰ってきた。就職活動以外はヒマな日々が始まり、時間を持て余した午後は近くの図書館に出向き、雑誌や新聞を読み漁(あさ)った。貧乏人の娯楽だ。

そしてある日、この研修のバカでかい新聞広告を見かけた。

なにい、人間再生セミナーだと？

この世知辛い世の中で、そんなふやけたセリフを声高らかに謳いあげる。すでにこの時点で、主催団体のいかがわしさ指数は百二十パーセントだ。たぶん新興宗教か何かの信者集め。客寄せパンダ——くだらねえ。

が、まあいい。

どうせヒマだ。いったいどんな間抜けがこの研修旅行を企画したのか、順を追って読んでやろう。

柏木はニヤニヤしながら、つづく開校主旨を読んでいった。

現存する多岐の学問から、最大公約数的な人生の方法論……云々。

笑いが少し止まった。最大公約数的な人生の方法論——初めて聞く言葉だ。

さらに受講科目の欄に目を移す。

統計学、生物学、比較文化学、生理薬理心理学、認知心理学などなど……。

ふうん。

自分でもうまく説明できないのだが、何故かその『比較文化学』、『生理薬理心理学』や『認知心理学』という、いかにも通な響きを持っている単語に、少しやられた。

バッタもんの団体なら、おそらくこういう専門用語は使わない。というか、そういう知識もない。意外と、マトモなのかもしれない。さらに項目を読んでいった。

受講期間。ふむ。

受講金額。金を取るのか。しかもかなり高い。でも、中間試験に落ちれば、その後の授業料は返金すると書いている。やはりマトモな団体かもしれない。

就職支援……マジ？

そこから先の項目に関しては、一気に集中力が高まった。募集人員は二十名から三十名。応募資格は年齢学歴不問。おしおーし。

さらに隣の項目にある主催団体。その代表者名に、目が釘付けになった。

鷲尾総一郎、とある。

ヤクザ時代、柏木の購読誌は『日経ビジネス』だった。今日日（きょうび）のヤクザは経済オンチでは話にならない。世の中でナニが流行（はや）っているのか。どんな業界が隆盛を迎えているのか。だから毎月欠かさず隅から隅まで読んでいた。

その誌面で何度も目にした名前。鷲尾総一郎――。

言わずと知れた日本経団連の元会長だ。さらに焦って最後の項目を読み込む。就職支援の団体は、日本経団連、東京商工会議所、大阪商工会議所……極道者などとは別世界にある雲上の団体名が、綺羅星（きらぼし）の如く並んでいる。

柏木は新聞を鷲掴みにしたまま、興奮のあまり思わず立ち上がった。

おっしゃあっ！

おれは今すぐこれに応募するぞ。鷲尾総一郎と日本経団連のお墨付きだ。まさしく無敵。これぞ神がおれに差し伸べてくれた救いの手だっ。

……というわけで、柏木は今ここにいる。最上階デッキの舷側甲板の椅子に、六月の陽光を浴びながらぼんやりと腰かけている。

何故か昨夜(ゆうべ)は目が冴えてあまり眠れなかった。航海中は特にやることもない。少し眠くなってくる。

船はいつの間にか浦賀水道を過ぎ、外洋へと乗り出し始めていた。

左手に見える房総半島が少しずつ煙り、遠ざかっていく。海面のうねりが高くなり、船の甲板がゆったりとした間隔で、左右に傾(かし)ぎ始める。

柏木は椅子から立ち上がった。

船酔いするかもしれない。部屋で少し仮眠でも取ろう。

目が覚めると、部屋はすっかり薄暗くなっていた。

首をひねって窓を見る。群青色(ぐんじょういろ)に染まった空に、さらに深い鉄色の海。その水平線上に、沈みかけた夕陽の赤い名残が尾を引いている。

枕元のサイドデスクから腕時計を取る。文字盤は七時少し前を示している。たっぷり五時間は眠り込んでいた。

ぐう、と腹が鳴った。そういえば昼食は、ビールでサンドイッチを流し込んだだけだった。

部屋を出て狭い廊下を通り、三階ロビーに出た。電子パネルの航路図を見る。現在『おがさわら丸』は、伊豆七島の東側を通過中……完全に外洋の真っ只中だ。

レストランのある二階デッキへと螺旋階段を降りていく。途中、何度かバランスを崩しかけた。船の揺れが激しくなっている。横揺れに加え、縦揺れも始まっているようだ。胃の中が少しざわめく。

レストランへ入っていくと席は八割がた埋まっていた。厨房(ちゅうぼう)ブースの横にある食券機でカツカレーセットと生ビールのチケットを買い求め、しばらくカウンター脇で待つ。

後ろにいる若い女性二人組の会話が聞こえてくる。

「なんだかさー、これって大学の学食みたいだよねえ」

「たぶん味も学食並みだよ」

ようやくカツカレーセットと生ビールが厨房の奥から出てきた。プレートの上に載せ、空いている席を探しながら左手のテーブルフロアへと進んでいく。窓側の隅に空いているテーブルを二つ見つけた。近づいていき、テーブルにプレートを下ろそうとしたとき、船体を縦揺れが襲った。バランスを崩し、危うくプレートの上の生ビールをこぼしそうになる。何とか両足で踏ん張り、そろそろと椅子に腰かける。

まずはお茶代わりにビールで喉を潤し、カツカレーを一口含む。

ふむ。

……柏木は学食というものの味がどんなものかは知らないが、まあ不味くもなく美味くもない。

ま、移動機関のセルフの食べ物ならこんなものだろう。むしろ不味くないだけ良心的だ。値段はやや高いが。

さらに二口、三口と口に運ぶ。ビールで喉を潤す。ふたたび大きなうねりが船体を襲った。ジョッキの底がプレートの上を滑り、咄嗟に左手で止める。

この揺れじゃあ、船酔いを起こして寝ている人間も、けっこういるんだろうな――。

柏木は、乗り物酔いはほとんどしない。先ほど睡眠をとったこともそうだが、体調さえ万全に整っていれば、まず乗り物酔いは起こさないものだ。最も大事なのは、気合。気合だ。おれは絶対に酔わないのだという気合を、自分自身に入れる。要は精神力の問題なのだ。酔う奴なんざ、そのほとんどがヘナチョコ野郎だ。気合が足りないんだ。

周囲を見渡す。そういえばあのうらなり小僧はレストランには来ていないようだ。思わずほくそ笑む。きっとあの小僧は船倉のショボい二等船室でゲエゲエ吐いている。いや、待てよ……ひょっとしたらママでも恋しくなって、指でも吸いながら泣いているのかもしれない。

ふ――。

ざまあみろ。

カタリという音が前方から聞こえた。柏木の前にあるテーブル。誰かが座ろうとしている。

顔を上げ、前のテーブルに座ろうとしている対象物を捉えた途端、柏木は視線をカツカレーに戻した。

……見なかったことにしよう。

が、その相手の映像はまだ網膜に焼きついている。三十前後の見るからに冴えないデブ女。下腹部がジーンズからビア樽（だる）のように突き出ていた。柏木は咄嗟に見当をつけた。体脂肪率四十パーセント超。ラーメンとおにぎり二つをプレートに載せていた。デブのくせに何を勘違いしているのか、膨張色である黄色のノースリーブを着て、袖口からは丸太のように太く短い二の腕がむき出しだ。

柏木は密かに思う。いったいこいつの家には、鏡というものがないのか……。

本当に見なかったことにしよう。見ても何もいいことはない。

俯（うつむ）いたままカツカレーをせっせと食べた。気配で分かる。しばらく経っても前のテーブルに誰かが相席した様子はない。当然だ。

一人旅ってのは、いい女がしてこそ絵になるもんだ。おまえみたいなヒト科メスの饅頭女が一人旅を決め込んでみたところで、誰も声をかけてはくれないぞ。夕食時に一人淋しくおにぎり二つとラーメンを啜るぐらいが関の山だ。それが、分からないのか？

船のうねりはまだつづいている。残り少なくなったジョッキの底で、ビールの水面が左右に傾いでいる。

――ん。

柏木は気づいた。妙に苦しげな吐息が前方からかすかに聞こえてくる。

見まい、見まいと思いつつも、つい好奇心に負けて饅頭女を見た。そのヒト科メスは、割り箸を右手に持ったまま俯いている。明らかにしばらく食べ物には手をつけていない。

は、はーん。

柏木はすぐにピンと来た。この女、船に酔い始めている。しかも食事中に。最悪だ。頼むからこの場でゲロをぶちまけないでくれよ。

女は相変わらず椅子に蹲るようにして座り込んでいる。両肩で息をし始めている。相当ヤバい。

と、その口元が一瞬きらりと光った。下唇……よだれだ。よだれがテーブルの上に垂れ始めている。柏木は他人のことながらもう気が気ではない。自分まで焦ってくる。

おいおーい、早くトイレ、トイレ行けよっ！

直後だった。がたんと音を立てて女が席を立った。割り箸をテーブルに投げ出すようにして小走りに出口へと向かっていく。テーブルの間を抜けていく。何事かと驚いた乗船客たちが、次々と彼女を見上げる。出口に差し掛かったとき、両手で口を覆っていたのがちらりと見えた。

柏木は思わずため息をついた。やれやれ。なんとかトイレまで間に合えばいいがね……。

森川由香（もりかわゆか）

一九七七年　十一月五日生。二十九歳。
本籍地　福井県　藤津郡　太良町　竹崎15
現住所　東京都　武蔵野市　境1―28―5　さくら荘105
一九九〇年　太良町立竹崎小学校卒業
一九九三年　太良町立竹崎中学校卒業
同年　　　　福井県立藤津南高校入学
一九九六年　福井県立藤津南高校卒業
同年　　　　青山学院大学入学
二〇〇〇年　青山学院大学卒業

同年　編集プロダクション『A&G』入社。
二〇〇三年　編集プロダクション『A&G』退社。フリーのライターとなり現在に至る。

入塾動機

「私は履歴書にも書きましたとおり、現在はフリーのライターをやっている者です。主に週刊誌からの依頼を受け、社会風俗全般の記事を書いております。

一見、時間も自由になり、収入も良さそうに聞こえる職種かもしれません。ですが内実は収入も不安定で、一つ一つの実入りも少なく、急な徹夜仕事も非常に多い職種ですし、一日中部屋に籠もりきりということもよくあります。今はまだ細々とでもコンスタントに原稿依頼がありますのでなんとか食べていけているのですが、今後も今までのように原稿依頼が来る保証はありません。現に、仕事は次第に減ってきております。

私のアパートの部屋は一階にあり、窓のすぐ外には別の四階建てのアパートが建っております。ですから日中のほとんどは陽が当たりませんが、それでも夕方になると、そのアパートとアパートの間のわずかの地表を、夕陽が多少照らし出します。

そんなときたまに思うのです。これから私の人生はどうなっていくんだろう、と。

私は今年の十一月で三十歳になります。一般的に男性の新しい分野への転職は三十五歳がその限度だと言われておりますが、女性の場合はおそらく三十歳ぐらいでしょう。女性が一生独身でも食べていける仕事で、しかもその職種でキャリアを積んでいける仕事に就くには、年齢的にもこれが最後のチャンスだと思っております。

転職雑誌を見て履歴書を書き、送ろうとしたことも何度かあります。ですが、いつもポストに投函する一歩手前でためらってしまいます。

理由は、自分でもよく分かっております。実は、私は人間が怖いのです。

小学校の高学年から中学校時代、クラスでいじめが流行っておりました。特に理由もなく、一人の子をいじめ、その子を徹底的にいじめ終わると、また次の子に移っていくというものです。ある日私へのいじめも突然止み、集団の標的はまた次の子に移っていきました。私もその子をいじめるように暗黙の雰囲気で促されます。またいじめられるのが怖いので、私も加わりました。しかし内心は忸怩(じくじ)たる思いでした。

その頃から私は徐々に太り始めました。食べ物、特にチョコレートやアイスクリームなどの甘いものが好きでした。甘いものを食べている間だけは、不思議と不安を感じなかったのです。私はどんどん太り続けました。

高校に入り、それまで九年間続いていた暗黒の人間関係は一新されました。今度こそ穏やかで明るい人間関係の中から本当の友達を見つけよう、と私は意気込んでいました。でも、どうやら遅かったようです。当時の私は既に肥満で表情も硬く暗く（今もそうですが）、そんな私に自ら近づいてきてくれるクラスメイトなどいませんでした。私も自分から近づいていく勇気はありませんでした。結局は小中学時代ほどではないにしても、暗い高校生活を送りました。

同じ理由で、本当に今度こそはと両親の反対を押し切り、東京の私立大学へと入学しました。東京に出ていけば、また何か変わるかもしれない。そう思って高校三年間、ずっと勉強してきたのです。ですが結果はまたしても同じで、楽しいとは言いがたい四年の大学生活を送りました。

人並みに就職活動も行いましたが、希望する企業にはすべて落ちました。最後の最後で私を拾ってくれたのが、『A&G』という従業員五人の小さな編集プロダクションでした。実はそこも三年間人間関係で悩んだ挙句、辞めてフリーになったのです。

最近になってよく分かってきました。結局のところ、世の中のほとんどの仕事は、人間関係の中でやっていくものなのですね。たぶん人生もそうです。

内実では人間を怖がっている私が、次第に人生の袋小路へと迷い込んでいくのは当然のような気がします。これを機会に、人間や世界というものをよりよく見つめ、ちゃんと理解して、対人関係を怖がることがないような人間に生まれ変わりたいと思っております。

新たにどう生きていくかを考えるのは、その先のステップだと考えております。

ご検討のほど、どうぞよろしくお願いいたします」

間に合った。

そう思った途端、胃の中のものが勢いよく逆流し始めた。便器の中に大量の吐瀉物をぶちまける。く、苦しい。そしてこの臭い。たまらなく気持ち悪い。さらに胃液を吐く。胃から喉元までの食道に、誰かに摑まれているかのような激痛が走る。二度、三度と喉の奥を鳴らす。

はあ。

ようやく胃液を吐き終わった。顔を俯けたまま右手でトイレットペーパーを探し、その端を摑む。引き出す。口元を拭う。汚物を流し、ようやくブースから外に出た。共同洗面所まで戻ってくる。

由香は足を止め、鏡の中に映った自分を見た。ひどい顔をしている、と自分でも思う……。

顔の造作が、ということではない。顔色もそうだが、表情がさらにひどい。まるで十年間地下独房に繫がれていて、今やっとお日様の下に出てきた囚人の顔つきだ。

ほのかな蛍光灯の下、つい一人で虚しく笑う。

でも私の人生は、ずっと孤独の牢獄に入っているようなものだった。

小学生のときから、そう。絶えず周囲の目を窺いながらビクビクと生きてきた。中学時代もそう。高校時代はいじめにこそ怯えなかったものの、日陰の雑草のようにひっそりと学園生活を送ってきた。今でも昨日のことのように覚えている。

とことん暗い顔だ。暗い表情だ。鏡に見入りながらもあらためて思う。

分かっている……世の中には今の私よりもっと悲惨な状況下で必死に生きている人間が、いくらでもいる。そんな人たちからすれば、「人間が怖い」などと言って家に籠もる仕事を選び、でも将来が不安で、まごまごして人生の選択肢を決定付けられずにいる私など、笑止千万だろう。な～に三十間際にもなって甘っちょろい悩みを抱えてやがる、と問題にもされない。

でも、と思う。それは彼らの問題ではない。私の問題なのだ――。


洗面所を出たあと、すぐに階下の女性専用二等船室に戻ろうかと思ったが、やめた。緩やかな嘔吐感は部屋に居たときから午後中ずっと続いていた。その間、由香は自分用の一畳分のスペースでじっと蹲っていた。それが分かるのか、周囲の女性も決して由香には話しかけたり近づいてこようとはしなかった。

分かっている。自分の場合、一度乗り物酔いで吐き始めたら、あとは二度、三度とつづけざまに吐くことが多い。このまま二等船室に戻ったにしても、今はもう八時だ。特にやることもない夜の船内。早い人は毛布を被って眠り始めるだろう。そんな中を急に吐き気に襲われたからといってドタバタ駆け出していく人間がいたら、迷惑千万だ。

六月。しかも船は南洋へと向かっている。夜とはいえ外は暖かいはずだ。ひとまずデッキに出てしばらくは船酔いの様子を見よう。

二階デッキに出た途端、由香の体を湿った夜風が包んだ。外洋を吹く風。少し気分が良くなる。舷側の手摺沿いにゆっくりと歩き始める。周囲には誰もいない。

『おがさわら丸』の船体中央と思しき場所で足を止める。揺れが最も穏やかな場所……手摺に寄りかかり、ぼんやりと夜の海を見遣る。

とはいえ、この船から洩れ出る灯りで、海上は真下の白波が見えるだけだ。後はもう、果てしもなく暗黒の世界が広がっている。夜空を仰ぎ見た。月はないが、満天に星が輝いている。ゆっくりと視線を降ろしていくと、首筋が楽になったあたりで星空が途絶える。水平線なのだと分かる。

遠いなあ、と感じた。

たぶんこの船には千人近くの客が乗っている。なのにこうしてデッキに佇んでいると、まるでこの世には自分一人しかいないように感じる。そして、自分の人生の行きつく先も果てしなく、限りなく遠いような錯覚に陥る。

知らぬ間に、手摺の肘の上に顔を横にして乗せていた。下になった耳には船底からのエンジンの振動が伝わってくる。上の耳には風が通り過ぎていく音と、喫水線からの波音が絶え間なく聞こえてくる。

……？

風の音に混じって、何か金属音に近いようなものが一瞬聞こえたような気がした。

もう一度しばらく耳を澄ませたが、聞こえない。

気のせいだったかと思い、ふたたびグッタリと手摺にもたれかかろうとした直後、かすかに聞こえた。金属音……いや、そうではない。何かの楽器の音だ。

さらに耳を澄ませる。風向きのせいだろうか、途切れ途切れに聞こえてくる。ハーモニカのようなもの……。

船首？　いや。たぶん屋上デッキからだ……

どうしてそうしたかは分からない。気がつけば、ついふらふらと階段を上り始めていた。ゆっくりと階段を上りきった場所は、屋上デッキのちょうど真ん中だった。排気口からもれる明かりの下、前後を構造物に挟まれた狭い空間が照らし出されていた。

構造物の壁際に、ぽつんとベンチがある。人影があった。灰色の髪の小柄な男が、少し前かがみ気味になって座っている。六十代の前半ぐらいだろうか。由香の感覚では老人と呼ぶにはまだ早いが、かと言って中年とも言えない。両腕を上げ口元に当てている。音色はその口元から聞こえてきている。小さなハーモニカ。たぶんブルースハーモニカ……音色は悲しげで、それでいてどことなく陽気だ。

音は不意に途切れた。男が口元からハーモニカを離し、顔を上げる。こちらを見る。

それで由香は、自分が相手をじっと眺めていたことに思い至った。気まずい……思わず視線を逸らそうとした直後、

「やあ。こんにちは」

男が薄闇の中からにこやかに白い歯を見せた。軽やかな声だ。

「ごめんなさい。ヘタですから耳障りでしたよね」

「いえ――そんな」ついそう口を開いていた。さらになにかフォローしなければと感じる。

「とてもニュアンスのある調べでしたよ」

するど相手は笑った。

「曲のせいです。ぼくの技量ではない」

そのあっけらかんとしたもの言いに、少し由香も笑った。

「なんという曲なんですか？」

「アマルガ・ラ・ヴィーダ」

「え？」

「スペイン語です」男は答えた。「南米のコロンビアという国の曲です。〝苦い人生〟という意味です」

何故だろう。由香は思わず言葉に詰まった。

苦い人生……そう自分自身を軽く言ってのける、誰かの人生。その国にはたぶん無数に

転がっている人生。やはり私の苦悩など、全然取るに足らない。

「――ですか?」

由香は我に返った。何かを聞かれた。

「すいません。なんでしょう?」

「お一人なんですか」

相手はもう一度聞いてくる。しかし百貫デブの私だ。いやらしい気持ちで訊(たず)ねているのではない。

「そうです。仕事ではありませんけど」

「私もそうです」男はうなずいた。「遊びといえば、遊びのようなものです」

「お一人で、ですか?」

「ええ」

「じゃあ奥さんは、家でお留守番?」

相手は少し苦笑した。

「女房は十年ほど前に亡くなりました」

再び言葉を失くす。しかし相手は微笑(ほほえ)み続けている。

「なに。慣れれば一人暮らしもけっこう楽しいものです」

「はあ……」

「涼みに来られたんですか」

「あ、いえ。はい」と、ついどっちつかずの返事をしてしまう。

男がかすかに首を傾げる。その素振り。年のわりに若々しい。由香は言葉をつづけた。

「……実を言うと、先ほど吐いてしまったんです。それで夜風に当たりにきました」

「どれくらいもう外に？」

「十分かそこらだと思います」

相手はうなずいた。

「だったらもう少し外に居て、様子を見たほうがいい。ところで今は何時でしょう？」

そう聞かれて気づいた。このTシャツ姿の男は腕時計をしていない。由香は手首を返した。

「八時十五分です」

「そうですか。では」

言いながら男は立ち上がった。たぶん部屋に戻って早めに寝る準備をするつもり。

「いつもなんですか？」

気がつけば口を開いていた。え、という顔で男が振り返る。

「時計はいつもしないんですか？」

「そうですね」相手は立ち上がったまま答えた。「もう五年ほどになります。考えてみれば、仕事をリタイアしてからずっとですね」

「はあ」

「では、おやすみなさい」

男はそう言うと、踵（きびす）を返して去り始める。

「おやすみなさい……」

二日目。今日も快晴だ。

雲一つない空はどこまでも薄く明るく広がり、対照的に外洋は見渡す限り深く鈍い藍（あい）色に染まっている。海の底が深いのだと感じる。

太郎は屋上デッキの手摺にもたれかかったまま、潮風を浴びている。十時半ごろには水平線の向こうに小さな島影が見えてきた。眺めている間にも、ゆっくりとその島は近づいてきて、やがてその先に連なっている群島も、煙るようにして姿を見せ始める。

前方に見えてきましたのが小笠原諸島です、と船のアナウンスが聞こえる。

聟（むこ）島、弟（おとうと）島、兄（あに）島……さらにはその向こうに浮かぶ大きな島影が、この小笠原諸島の核になる父島……先ほど二階ロビーにある電子航路図を見たとき、北緯二十八度を過ぎたところだった。太郎は中学の地理で習った知識を思い出した。北回帰線は北緯二十三度に位置する。それよりわずか五度北にある小笠原諸島が亜熱帯に属しているのは、当然のことだろう。

船の側面に聟島が並んだ。その聟島の横に、ごく小さな小島が浮かんでいる。島というより岩礁に近い。ゴツゴツとした岩礁の水面上に、ぽっかりと穴が開いていて、その穴を通して向こうの海が見える。岩礁の内壁には白波が絶え間なく打ちつけている。昼の最中というのに、少しおどろおどろしい不気味な雰囲気が、そこだけに漂っている。

思い出す。

子どものころに母親に読んでもらった絵本……『桃太郎』。鬼が島というのは、きっとこの小島を百倍くらいに大きくしたものなんだろうな――。

現在の小笠原諸島は、いちばん大きな父島と、二番目に大きな母島にしか人は住んでいない。終戦後いろいろとあって他の島はすべて無人島になった。大きな動物といえばヤギだけがいる。だからそれら無人島は、おしなべて禿げている。ヤギが草木を食べ尽くすからだ。

太郎は次に目の前に近づいてきた禿げ山を見渡す。無味乾燥な景色。船首まで行って、遠くに見える父島の島影を見ようと思い立った。が、この屋上デッキの船首は立ち入り禁止になっている。階段を下っていき、二階デッキへと降りた。ここにも左手の舷側に人がずらりと群れている。その背後を船首部分に向かって進んでいく。途中、何故か人垣が途絶えている場所があった。ポツンと大きな背中が見える。極彩色の赤いアロハを着た大柄な男。その横顔。濃いブルーのサングラスをかけている……あいつだ。昨日ターミナルで太郎の前に並んでいた男。周囲の乗船客は、明らかにその男の傍に立つのを避けている。男は観光ガイドブックを片手に手摺にもたれている。休暇に来たのだろうか。でも、それにしては相変わらず一人だ……太郎はその背後を通り過ぎた。

船首にも人は群れていた。

人垣の間に体を滑り込ませ、近づいてきた父島の景色を見遣る。島とはいえ、こうして間近で見ると、やはりその物量には圧倒される。ひとつには平面の海ばかりを見てきたせいもある。

ズボンのポケットに入れているデジカメを思い出す。今回の旅費も両親に丸抱えしてもらった。このデジカメも誕生日のプレゼントだ。今回の旅行写真くらいは見せてやりたい。

ポケットからデジカメを抜き出すときに、肘が隣の人間に当たってしまった。妙に、ぷより、とした感触。気づいたときには咄嗟に口が動いていた。

「ごめんなさい」

口走った後、横を見遣る。三十前後の女性だった。かなり太っている。服装もあまり冴えているとは言えない。何故か怯えているような表情がこちらを見上げていた。

「あ、だいじょうぶです」女性は小声で答えた。「こちらこそ、ごめんなさい」

悪いのはどう考えても太郎なのに向こうから謝ってくる。自分が太っているからスペースをとっているということなのだろうか。よく意味が分からないまま、太郎もうなずいた。

気を取り直してデジカメの電源を入れる。すぐにモニターにレンズの景色が映る。デジカメを持った両手を上げ、肘が当たらないかもう一度左右を確認したときに、気づいた。

横の女性……ペットボトルを持っているその手首。リストカットの痕(あと)……幾重にも付いていた。


汽笛が鳴った。

船が父島の二見湾(ふたみわん)にゆっくりと入っていく。浅瀬に近づくにつれて、深い紺色だった海の表面が次第にその濃度を下げ、緑色が混じり、岸辺近くではエメラルド・グリーンの鮮やかな色に変わっている。父島の中心地は、その二見湾の奥、エメラルド・グリーンの波打ち際の向こうにある。

柏木は舷側に寄りかかったまま、次第に近づいてくる海岸を憮然(ぶぜん)と眺めている。一時間ほど前からそうして突っ立っていた。父島周辺に浮かぶ無人の小島を眺め、その向こうからゆっくりと近づいてきた父島の全容を、北部の地形から順々に眺めていった。

結論。

まさに絶海の孤島。人と文化の途絶えてしまう最果ての地だ。やれやれ……。

目の前に次第に近づいてくる大村地区。人口わずか二千人の島の中心地としては、ほどほどの規模だと思う。大多数がコンクリート造りの建物で、四、五階建てのビルもあちらこちらに建っている。想像以上にモダンな感じ。

それでも柏木は、つい西部劇に出てくる埃っぽい町を連想してしまう。建物と建物の間に空いた隙間。中心地から少し離れると、途端に人の気配が途絶えてしまうこんもりとした森や雑木林。移住してきた開拓民たちが、短期間で町興ししてきた名残を感じる。

船がゆっくりと湾の中で弧を描き、桟橋に近づいてゆく。埠頭には、早くも多くの人が屯している。中にはいかにも船を待ち焦がれたように、手を振っている者もいる。法被を着て太鼓を鳴らしている一団もいる。遠目にも、どの顔も陽気に笑っている。

そりゃそうだよな、と柏木は一人納得する。内地からの定期便は、この『おがさわら丸』の週に一便だけだ。この島で暮らす人々の生命線だが、それもシケや台風が来ると途端に運航中止になる。待ち焦がれるのは道理だ。

そんなことをつらつらと考えているうちに、船はゆっくりと着岸した。

いつの間にか、周囲にいた乗船客たちは数えるほどになっている。

少し笑った。どいつもこいつも我先に下船するのに夢中だ。しかし、そんなに焦って降りていくほどの島かね、ここが。

そんなことを思いつつも、柏木も甲板を後にして部屋に戻り始めた。船が着岸した以上、動かない景色をこれ以上眺めていてもあまり意味がない。

部屋に戻り、ゆっくりと下船の支度を始める。二つのスーツケースの中に洗面用具や着替えなどを次々と仕舞っていく。柏木はその風貌に似合わず整理整頓が大好きだ。あるべきものがあるべき場所にちゃんと収まっていると気分がいい。自宅の引き出しには靴下も色のグラデーション順に並べて仕舞ってある。ここまでくると一種の強迫神経症だ。我ながら男のくせにこの異常な几帳面さはどうかとも思うが、そんなときは（なに、だらしない奴よりもはるかにマシだ）と自分に言い聞かせている。だいたい整頓もロクに出来ない奴は、そのおつむの中身も乱雑なものと相場が決まっている。使い物にならない。やっぱりはるかにマシだ。

五分ほどで荷造りを済ませ、部屋を出た。廊下にはもう誰もいない。どの部屋の扉も半ば開いたまま、静まり返っている。客たちはそのほとんどがすでに出ていった後らしかった。

少し焦った。

合格通知と一緒に郵送されてきた『受講者への案内』……小笠原塾セミナー受講者は、下船後すぐに桟橋奥にある客船待合所の左脇に集合のこと、と書かれていた。人を待たせること自体は屁とも思わないが、もし自分がビリだったらさすがに恰好が悪い。顰蹙の衆目に晒される。ましてやこのおれの見てくれだと、なおさらだ。

スーツケースを引き摺りながら足早に廊下を進む。三階デッキに出る。ここにも誰もいない。これまた急いで螺旋階段を降り始めた。

一階デッキの中央出口で、ようやく下船待ちの列の最後尾に取っ付く。少しほっとする。あとはいつものようにゆったりとした気分になった。最後尾の人間がじりじりと進んでいく。

やがて前の人間が明るい光の中に消え、柏木も銀色のタラップに足を踏み出した。途端、桟橋からの照り返しと南国の強烈な日差しが網膜を刺激する。湿った暖かい潮風がスラックスの裾を揺らす。海の匂いと微かな波の音……。

生きているって、たぶんこういう気分なのかな。

が、その微かな感慨は、瞳孔が光に慣れるまでの束の間に過ぎ去った。

あとはいつもの感覚が押し寄せてきた。いつものケチな自分……。

桟橋の奥にある客船待合所まで行列が蟻の行進のように続いている。柏木も軽くため息をつき、ふたたびその最後尾を歩いていく。待合所の前には人垣が出来ている。プラカードを高々と掲げた人たち。宿や旅行業者の出迎えだ。それにミートする下船客でごった返している。

その人垣から少し離れた左脇に、大きな集団の輪があった。

集団の手前に、一人の若い女性が立っている。このむっとする湿気の中、カチリとしたブラックのツー・ピースに足元も黒いパンプス。小脇にファイルのようなものを抱えている。どう見ても観光業者の恰好ではない。

彼女の脇に立っている男は紺のスラックスに半袖の白いシャツ。プラカードを両手に持っている。『小笠原塾・集合場所』……つまりはそういうことだ。

柏木はその集団の前まで足を進めた。

「おはようございます」

集団の前で立ち止まったとき、女性は柏木を見てにっこりと微笑んだ。細い銀縁メガネの奥にある瞳も笑っている。

ふむ、と柏木は思う。このおれのなりを見ても、ごく自然に目元で笑うことが出来る。歳こそ若いが、練れた人間なのだろう。

おはようございます、と柏木も神妙に挨拶を返す。「私で、最後ですか」

すると女性の笑みがますます深くなった。

ほっそりとした顔の輪郭。笑うと口元の両側にくっきりとした笑窪（えくぼ）が浮かぶ。

「そのようです」

女性は明るく答えた。やはり柏木に対する警戒心や恐れは微塵（みじん）もない。

彼女は小脇に抱えたファイルを開き、視線を落とす。

「念のためお名前を確認させていただきます。柏木さんでいらっしゃいますね」

「はい」

　彼女はうなずくと、セミナー参加者に向き直った。柏木も彼女の肩越しにその集団に見入る。

「はい、みなさんお揃いになりましたので、これから送迎バスのほうにご案内させていただきます」

　女性はやや声を高める。呼びかけた集団が、一様にかすかにうなずく。柏木はその一団をさらに観察する。全体としてくすんだような印象を受ける。柏木は再び一人で勝手に納得する。人間再生セミナーなんぞに参加する人間たち。自分を再生したいと思っているぐらいだから、今の自分には自信がないか不満な者ばかりだ。

　ま、このおれもそうなんだが……。

「バスはそこの駐車場の――」と女性は伸び上がるようにして集団の背後を指差し、「一番手前に停まっている青色の車輛になります。皆様は全員で二十八名いらっしゃいます。バスは補助席なしの三十五人乗りですので、譲り合ってお座りいただきますよう、お願いいたします」

　ふたたび集団が一斉にうなずく。相変わらずの無言だ。

「分かりました」

　柏木はつい背後から声を上げた。遅れてきたお詫びのつもりだった。プラカードを持っていた男性がこちらを見て、ちらりと微笑む。女性も肩越しに一瞬こちらを見てうなずき、それから再び集団に向き直る。

「はい。それでは皆様、早速ですが移動のほうをお願いいたします」

その呼びかけに、ぞろぞろと集団が移動し始める。人垣が崩れる。

お、と思った。集団の中に、あのうらなり小僧を発見した。

思わずにやつく。そうか。あいつもこのセミナーの参加者だったのか。

駐車場への生垣を迂回し、指定された大型バスに乗り込んでいくセミナー参加者たち。ボディ側面のトランクにスーツケースを詰め込み、顔を上げた時には、集団はあらかたバスに乗り込んでいた。

タラップを上がり切って車内を見渡すと、二席空いている列はなかった。どの列にも一人ないし二人座っている。柏木がのっそりと通路を進み始めると、一人だけ座っている人間は必ず目を逸らす。自分の隣に座るなよ、というオーラを全身から発散している。中にはこれ見よがしに、自分のバッグを隣席におく女性さえいた。

ったく。どいつもこいつも――そんなにおれが怖いか。苦手か。

ウンザリしながら通路を奥のほうまで進んでいくと、一人の男と目が合った。白髪交じりの初老の男。隣席が空いている。期待するほうが馬鹿だ――つい目を逸らそうとした柏木に、不意にその男が笑いかけてきた。

「どうぞ。どうぞ」歳の割りに、妙に軽い声をしている。「空いてますよ」

思わずほっとした。会釈をしながら隣席に腰を下ろす。それから改めて相手の顔を振り返る。

「どうも」

なに、と初老の男は再び笑った。「困ったときはお互い様ですよ」

危うく噴き出しそうになった。失礼な物言いだ。だが、まあいい。

先ほどプラカードを持っていた男性が通路を行き来して、乗客の数を数えている。

「しかし、暑いですなあ」隣席の男が話しかけてくる。「さすがに亜熱帯の島だ」

「ですな」柏木も言葉少なにうなずく。

「どちらから来られました？」

「東京からです」

「ぼくは、横浜です」相手はうなずいた。「関東じゃあ、梅雨が始まりそうだと言ってましたわ」

モロ、時候の挨拶から始まる会話……常識的組織人の典型。

ははあ、と柏木は不意に悟る。この男、たぶん定年退職組だ。暇を持て余し、さりとてこれと言った趣味もなく、このセミナーに参加してきた。年恰好からしても、間違いなく団塊の世代――実は柏木はこの世代が大嫌いだ。そういえば、かつての組長もこの世代に属していた。集団で行動することを好み、すぐに群れたがる。子分を作りたがる。その意見にも定見というものが一切ない。だから状況が変わるたびに言うことがころころ変わる。周囲の組員はそのたびに散々振り回された。

が、まあ同席を許してもらった。今はこの男に感謝しておこう。

さらに隣席の男が何か口を開こうとした瞬間、バスが動き出した。ゆっくりと駐車場を回り込んでいく。先ほどの女性が運転席横の支柱に左手を添え、もう一方の手にマイクを持つ。

「みなさま、改めましておはようございます。私、このたびの『小笠原塾』を主催させていただいております『青葉の会』の、小泉と申します。どうぞよろしくお願いいたします」

そう一気に言い切り、深々と頭を下げる。

柏木は待っていましたとばかりに派手に拍手を始めた。ほぼ同時に隣席の男も大きく手を打つ。

……つられたように車内のそこかしこから気のない拍手の音がこぼれる。

頭を上げた小泉はにこりと微笑むと、隣に立っているプラカード男を続けて紹介する。

「彼もまた『青葉の会』所属で、関根と申します」

男もすかさず一礼する。

「関根和明と申します。どうぞよろしくお願いいたします」

柏木はさらに拍手をする。隣席の男もそれに倣う。ふたたび車内から拍手が湧く。

「さて、これから皆様を、宿泊場所であり研修場所でもありますホテルに案内させていただきます」小泉はよく通る声で説明を続ける。「お送りしました案内書の説明にもありました通り、一人部屋を希望された方以外は、全員この車内に居られるどなたかと相部屋になります」

「部屋割りはホテルのフロントに着きましてから発表させていただきますが、相部屋になった方とは、セミナー受講の際も同じグループの所属となります。グループは四人単位のものですから、最初の段階では七つのグループが出来ます」

ここで一息呼吸を入れた小泉は、さらに言葉を続ける。

「グループは、明後日に行われる一次試験の結果により再編成されます。部屋割りも新たに組み直すこととなりますが、同じ部屋の方が二人とも合格された場合、そのお二人は二次セミナー以降も再び同じ部屋、同じグループになります。ここまで、何かご質問はございますか」

そう言って車内を見渡してくる。

……誰も答えない。柏木もこの場の雰囲気を考えて質問したいのは山々だが、相手の整然とした説明には何の疑問の余地もない。

「特にありませんよ」隣から声が湧いた。初老の男。「少なくとも、ぼくは」

その反応に、小泉は大きくうなずいた。

「では、最後にもう一つ補足のご案内をさせていただきます。車窓をご覧下さい」

言葉につられるようにして柏木は窓の外を見る。大通りを進んでいるバス。ちょうど両側にある小さなスーパーの前を通り過ぎたところだった。その先にもプレハブ造りのタクシーの営業所や定食屋、個人商店がぽつぽつと続いている。左手のスーパーの裏手にはガジュマルや棕櫚（しゅろ）の木々と海。どうやらここがメインストリートらしい。

「この周辺が父島の中心地です。大村地区と言います。この道から右手に入った区画には、二十軒ほどの飲食店が散らばっています。ホテルからは歩いて数百メートルの距離です。もちろんホテルでも夕食は食べられますが、朝食や昼食と違ってセミナーの基本料金には入っておりませんから、外で食べられたい方は、ここらあたりまで来られるのがよろしいかと思います」

ふむ、と柏木は思った。そうか。じゃあ、今夜あたりでも繰り出してみるか。

「前方に信号が見えてきましたが、あそこから百メートルほどでホテルです。ではみなさま、そろそろ降りる準備を始めてください」

もう到着か、とやや拍子抜けする。隣を見ると、団塊男がニッと笑いかけてきた。

「近いですな」

「ですね」

仕方なく言葉少なに答えた。

# 第二部　一次セミナー・父島

宿はホテルというよりも、高級ペンションと言ったほうがふさわしい外観だった。広々とした芝生の敷地の中に、青い平屋の建物が散らばっている。管理棟の中にフロントとレストランがあり、真新しいウッドデッキを挟んで宿泊用の小さな別棟が二十棟ほど並んでいる。

ホテルに到着して部屋割りが確定したあと、由香は部屋へと向かった。

ウッドデッキには白いデッキチェアが十脚ほどあり、その中央に丸い屋外用ジャグジーが鎮座している。生垣に沿ってジュラルミン製の物干しがずらりと並んでいる。

スーツケースをガラガラと転がして行きながらも、このホテルはきっと、日頃はダイバーやサーファーの宿泊客で賑わっているんだろうな、と思う。大きなジャグジーは海から上がってきて体の塩分を抜くためのものだろうし、ジュラルミン製の物干しはウェットスーツやマリンシューズを干すためのものだ。

部屋番号は２０７号室。北棟の並びにあると、ホテルの従業員が教えてくれた。恐ろしく日焼けした二十代半ばの女性で、スラリと締まった肢体をしていた。たぶんあの女性も、マリンスポーツ関係の趣味でこの島にやってきて、バイトをしながら住み始めたのだろう。

北側の棟の並びに着いた。相部屋の人間はいない。最初から一人部屋を希望していた。キーを取り出し、鍵穴に差し込む。古い家の勝手口に付いているような簡単な扉鍵。でもこの島だと、セキュリティはそれで充分なのだろう。週に一回しか東京に戻る船はないのだから、泥棒もうかうかと仕事は出来ない。仮に仕事をしたとしても、帰りの船の中ではこの島の住民と二十六時間近く居なければならない。

扉を開け、部屋に入った。十畳ほどのスペースに、ベッドスタンドを挟んでシングルベッドが二つ。テーブルが一つと椅子が二脚。低いクロゼットの上にはテレビとミニコンポがある。

靴を脱いでスリッパを履き、室内に上がる。西と南側にある大きな窓。スクリーンは下りているが、少し熱気が籠もっている。クロゼットの上のリモコンを手に取り、エアコンのスイッチを入れた。そのまま椅子に腰掛けて、ようやく人心地がつく。

目の前のテーブル。セミナーの案内書がある。改訂版、と表紙にある。先ほどレストランでのガイダンスで言われた。三十分後の午後一時から、さっそく研修は始まる。以前に家に送られてきた案内書にもそう書いてあった。

「……」

一ページ目を開ける。席次表、とある。七つのテーブルに四人ずつ名前が載っている。家に送られてきた案内書には、この席次表はなかった。おそらくは最終的にキャンセルする者も出てくるだろうから、個人情報保護の観点から現地で発表することにしたのだろう。

七つのテーブルの中から自分の名前を探す。

あった。

森川由香。ホワイトボードに対して二列目の中央テーブルに載っている。五番テーブル。

他の三人の名前をなんとなく眺める。竹崎貞徳。田中元。大田雄輔……。

だが、名前だけだ。年齢も仕事も分からない。どういう人間か見当もつかない。

かすかに主催者側の意図を感じる。このセミナーは仲良しクラブの集まりではない。参加者の中にはこの小笠原行きをあまり知られたくない人間だっているだろう。だから名前以外の個人情報は、極力最後まで発表する気はないのかもしれない。他のテーブルの名前も順々に眺めていく。

一通り眺め終わって気づいたのは、参加者の男女比は七対三ほどで、圧倒的に女性が少ないという事実だ。

それはそうかもしれない。募集要項を読んだとき、セミナーの最終合格者が希望すれば、再就職の斡旋にも協力すると明記してあった。若年層もそうだが、中高年男性には特に受難の時代……応募者も男性が圧倒的に多かったのだろう。

手首を返して腕時計を見た。十二時四十五分。

ひとつため息をつく。最初の講義は十分前に集合と案内されていた。

——そろそろ部屋を出る準備をしたほうがいい。

スーツケースの中から筆記用具とノート、ヴォイス・レコーダーを取り出す。ヴォイス・レコーダーまでは要らないかとも思うが、念のために持っていこう。

部屋を出て管理棟に向かう。入り口の扉を開け、受付を過ぎると、奥がレストランになっている。到着後に簡単なガイダンスを受けた場所。部屋のスペースはざっと三十畳ほどで、先ほども長テーブルが七つあった。入ってすぐ右の壁面には大きなホワイトボードと演壇が設置されており、マイクスタンドも立っていた。

講義はこのレストランで行われる。明日以降は朝食を食べた後、三十分ほどのインターバルを置いて午前の講義が始まり、同じ場所で昼食を摂り、午後からは島内のフィールドワークとなる。

レストランの中に入ると、すでにテーブルはほぼ埋まっていた。一番、二番、三番……と、テーブルの上にプレートが立っている。五番テーブルに向かおうとして気づいた。

二番テーブルにあの青年が座っている。父島が近づいてきたときにデジカメを取り出した青年。一瞬目が合った。だが、何故か青年はすぐに顔を伏せた。

五番テーブルに見覚えのある白髪頭があった。ブルースハーモニカを吹いていた初老の男。片肘を突いたまま案内書を読んでいる。一緒のグループだった。なんとなく安心する。わずかな顔見知りでも、いるといないとでは大違いだ。

先ほど桟橋で集まったときにも、この男の姿を見かけた。お互いにセミナー参加者だということを知った。軽く会釈をしてきた相手の顔に、親しみの表情を見た。

まだ下を向いている彼の席の前に、竹崎、と小さなネームプレートが立っている。そうか。彼が竹崎さんか。竹崎貞徳。

由香が五番テーブルの自分の席の椅子を引くと、竹崎が顔を上げてきた。少し笑いかけてくる。やはり妙に真っ白な歯をしている。

「同じグループですね」竹崎は言った。「よろしく」

「こちらこそ」言葉少なに由香は微笑んだ。「お願いします」

テーブルを囲んでいる他の二人、田中と大田はちらりと由香のほうを見てきたが、すぐに視線を逸らした。特にグループ内で仲良くする気はないらしい。

十二時四十九分――。

ホワイトボードの上の時計を見た。

由香が入ってきたドアとは反対側の扉が開いた。

さっきの女性だ、と太郎は思った。

小泉というスタッフの女性……太郎が見ている間にも、彼女はてきぱきと壇上に進んでいく。

「皆さん、もうお揃いのようですね」壇上に立った彼女はマイクも使わずにそう喋（しゃべ）り始めた。「さて、それでは案内書にもありましたが、最初の講義である『確率』が始まる前に、本日以降のセミナーの流れをざっと説明させていただければと存じます――」

そのあとに彼女は歯切れ良く今後のスケジュールの解説を始めた。太郎は最初の一、二分ほどはその説明を聞いていたが、途中から関心が薄れた。案内書に書いてあったことを、さらに詳しく説明しているに過ぎない。案内書をちゃんと読み込んできていない受講者や、読んだとしても忘れている受講者に対する補足だ。でも自分には必要ないや――。

太郎は一度何かを読むと、その内容はほとんど忘れない。コツがある。余計なことを考えずに文字に集中することと、その行間にある意味を、ちゃんとイメージして読むことだ。そうすると滅多にその内容を忘れることはない。幼い頃からなんとなく習得した自分なりの学習法。事実、高校までの勉強でも地理や歴史の授業では全然苦労することがなかった。ほとんどが記憶した知識で勝負する科目だったからだ。

テーブルに両肘を突いたまま、少し笑う。

でも、それがいったいなんだろう。勉強が出来たからって、それがなんだろう。

長い人生では、たぶん何の意味もない――。

壇上の小泉はまだ話し続けている。彼女の上の時計を見る。もう五分ほど話し続けている。ただ漫然と座っている太郎の思考は、脈絡もなく飛ぶ。

それにしても、と思う。今回のセミナー受講者、意外に船の中で見覚えのある人間が多い。

ざっと見回してみただけでも、半数以上の顔になんとなく見覚えがある。かすかに見知った他人。どうしてそんなに多いんだろう。退屈しのぎに、今度はその理由を考えてみる。

たぶん自分が一人だったから、同じように一人旅と思しき乗船客に関心が向く。何故一人で小笠原まで行くんだろうと疑問に思う。すれ違っただけでもかすかに印象に残る。それに船内で移動できる場所は決まっているし、乗っている時間も長い。だから、ここでも自然に見知った他人が多くなる――。

現に、テーブルを挟んで太郎の目の前に座っている男がそうだ。竹芝桟橋のターミナルで前に居たヤクザふうの大男……今は壇上に視線を向けたまま、熱心に聞き入っている。

太郎は相部屋になった中年男と共に、やや早くこの部屋に入ってきた。そろそろ十二時五十分になるかというときに、目の前の椅子が動く音がした。視線を上げると、この男が席に着くところだった。柏木、とネームプレートにはあった。相手は太郎と目が合うと、ターミナルでの別れ際のように束の間（つかのま）迷った表情を浮かべたが、次の瞬間にはいかにも軽蔑しきったように、かすかに鼻を鳴らした。そしてドスンと座った。

今、その相手の横顔を盗み見ながらも、太郎はふたたび疑問に思う。

自分は、この柏木という男から何か反感を買うようなことをしただろうか……たぶん何もしていない。なのに、この相手は明らかに自分のことを軽んじているというか、軽蔑している。

壇上にいる小泉の声。ややトーンが変わった。

「――以上をもちまして説明を終わらせていただきますが、何かご質問などございますか？」

会場に束の間の沈黙があったあと、

大丈夫です。

目の前の柏木が野太い声を発した。

へえ、と太郎は思う。意外とマトモなようだ。

小泉はそんな柏木にちらりと笑みを見せた。

「では、最後になりますが、私ども『小笠原塾運営事務局』の代表者であります鷲尾総一郎氏をご紹介したいと思います」

感じる。一気に場の雰囲気が緊張する。みんなさすがにその人物の経歴を知っているらしい。もちろん太郎もネットで調べて既に知っている。鷲尾総一郎……日本経団連の元会長。

　だが太郎の学生感覚で考えても、そんな偉い人間がわざわざこの小笠原までやってきて、しかもこんなペンション風の仮設会場で挨拶をしてくれることに、まだ半信半疑でいる。

　小泉が壇上を離れ、太郎たちの頭の上を通り越した奥に向かってかすかにうなずく。後ろを振り向く。扉の脇に立っていた関根が軽くうなずき返し、ドアノブを廻した。

　扉からゆっくりと出てきた小柄な人物。真っ白な髪の男。藍色のアロハに白いスラックスというラフなスタイル。そして、その上にちょこんと載っかっている温和そうな顔立ち――。

　おお、と柏木は唸（うな）った。

　モノホンだぜ。つい心の中でつぶやく。雑誌やテレビでその顔は何度も見たことがある。恰好こそ違うが見間違えようがない。

　鷲尾だ。鷲尾総一郎。

　気づいたときには手のひらを痛いほどに叩いている自分がいた。ゆっくりと拍手の輪が周囲に広がっていく。その輪の中を小柄な老人がすたすたと壇上に向かって進んでいく。

　鷲尾は壇上まで進み、演台の両端に軽く手を置くと、あらためて顔を上げた。これから話し出す気配を感じて、拍手がゆっくりと静まっていく。

人物の持つ重みだ、と柏木は興奮冷めやらぬまま一人納得する。

半面で、意外とミーハーな自分に気づく。

「みなさんこんにちは。この度は遠路はるばるこのセミナーにご参加いただき、ありがとうございます」鷲尾が話し始めた。「私が、運営事務局の代表であります鷲尾と申します」

ふむ……そのラフなスタイルといい、運営事務局の代表という以外になんら肩書きを付けない自己紹介といい、どうやら彼は、このセミナー開催中は元経団連会長としてではなく、単なる事務局の代表としておれたちに接するつもりらしい。

その姿勢に、ますます好感を覚える。この爺さんは、やはりヒトとして本物だ。

ふたたび軽い拍手が湧く。それが止むのを待って、鷲尾はまた口を開いた。

「このたびのセミナーには、日本全国からおよそ千五百通の申し込みがございました」

一瞬、部屋の空気が微妙に緊張を帯びた。むろん柏木も驚いた。相当に申し込みがあっただろうことは予想していたが、それでもここまで多いとは思わなかった。と同時に、なんでおれのようなしょうもない履歴の人間が選考で残ったのかと改めて疑問に感じる。

壇上の鷲尾の話は続く。

「事務局のスタッフ二十人が手分けをして、応募された方々を十日ほどかけて百名様にまで絞り込ませていただきました。ただし、この百名様から先の書類選考は、僭越ながらこの私が一人で判断させていただきました」

そのセリフに柏木はさらに仰天する。ようは、このおれを最終的に合格させたのは、この男の判断だったというわけだ。

「また、この事務局は『青葉の会』の方々をはじめとした有志の方々のご協力により、ほとんど手弁当で運営されております。さすがにセミナー代金はこのたび参加された皆様にご負担願っているわけですが、少なくとも新聞広告費以外の金銭的な部分では、いかなる任意団体からも支援を仰いではおりません」

つまり、と柏木は思う。この爺さんは、今回の事務局はどこのヒモ付きでもないということを言いたいらしい。そして当然、彼本人もどこのヒモ付きでもない――。

「このセミナー企画は、私が発起人になって始めたものです。何故このようなことを申し上げているのかと申しますと、いささか気恥ずかしい言葉ではありますが、私は、人間というものは、本人がその気でいる限りはいつまでも成長し続けていけるものだと思っております」

……柏木はなんとなく居ずまいを正した。

「もちろんこちらにいらっしゃる皆さんも、そうお思いだからこそ、このセミナーに応募された方ばかりだと考えております。二週間という短い期間ではありますが、私どもも皆さんから日々提出されるレポートを拝見させていただき、皆さんとともに新しい自分を発見し、少しでも成長できればと思っております。それが私ども主催者側の願いであり、希望でもあります。皆様どうぞ、よろしくお願いいたします」

そう言葉を締めくくり、深々と頭を下げた。ふたたび盛大な拍手が湧いた。

鷲尾は頭を上げると、束の間柏木の方を見てきた。一瞬ぎくりとする。自分が見られていると、いう印象を受ける。……たぶんこの爺さん、参加者の名前をある程度まで諳（そら）んじている。おれのことも資料上で見知っている。おれの経歴は、この参加者の中でも飛び抜けて冴えないだろう。どうしようもない。だから印象に残っている。

と、鷲尾の目元がかすかに緩んだ。間違いなくこのおれに向けて――。

頑張りたまえ、とその視線は物語っていた。

じわり、と腹の底が熱くなった。単純極まりない己の性格はよく分かっている。それでも久しぶりに感動を覚えている自分がいた。

おれは今、この爺さんにはっきりと借りが出来た……。そしてその借りは、このセミナーに合格することによって返さなければならない。

おしっ。つい力強くうなずき、顔を上げた。

途端、目の前に座っている浅川とかいううらなり小僧と目が合った。小僧は慌てて表情を引き締め、あらぬ方向に視線を逸らす。だが柏木には分かった。明らかにこのうらなりは、目が合うまでおれのことを見てニヤついていた。どういうわけか小馬鹿にしていた。

このやろう――。

鷲尾が壇上から去り、ふたたび小泉が壇上に戻った。

目の前の竹崎と視線が合った。すかさず相手は由香に微笑み、「私も、これからさらに歳をとっても、ああいう心持ちでありたいものです」

「なかなか粋な挨拶でしたな」と、小声で話しかけてきた。

なんとなく由香もうなずく。たぶんこの人はその見かけどおり、根っから陽気な人なんだ。私など、これから提出するレポートがどうやれば今の代表者のお眼鏡に適うように書けるだろうかなどと、束の間考えていたというのに……。

壇上の小泉の話は続いている。由香はもう一度時計を見る。一時五分。

「――グループ内では皆様同士の自己紹介の時間は取ってはおりません。皆様の社会的立場や属性は、お互いがそれを知ることによって、ある種の色眼鏡で相手を見てしまう可能性があるからです。討議の妨げになる場合があると、こちらサイドで判断させていただきました」

「また、そういう意味で、本日以降から登場していただく講師の方にも、皆様には一切その肩書きをお知らせしません。大仰な肩書きが付いていればいるほど、人間は相手の言うことを鵜呑みにするからです。この小笠原塾の方針としまして、それは避けたいと思っております。本日から始まる講義で大事なことは、どういう立場の人間が説明したのか、ということより、どういう内容が語られたか、ということですから」そこで小泉は言葉を区切り、少し笑った。「ただ、皆様同士がお互いに好感を持たれて自発的に自己紹介される場合は、私どもの関知する範囲ではありませんので自己判断にお任せいたします」

その小泉の上の壁時計が、一時七分を示している。

「では、開始時間をややオーバーしてしまいましたが、これから本日の講義に移らせていただければと存じます。一時十分からスタートさせていただきます。改訂版案内書をお持ちの方は、三ページ目をお開け下さい。講義内容は『確率』です。講義時間は一時間半を予定しております。準備が整うまでのしばしの間、各自待機なさってください」

そう言って一礼すると、小泉は壇上を離れた。部屋の端を抜け、奥の扉へと入っていく。

一分ほど経っても、部屋にいる受講者たちは誰一人として口を開こうとしなかった。ときおり咳払いと微かなため息の音が聞こえる。

目の前の竹崎と目が合った。相手は少し微笑んで由香を見返してきた。しかし口は開かない。

この男の顔を見ると、さきほども気持ちがほぐれた。今もそうだ。でもそれは昨日から顔見知りだったからではない。この男の佇まいが、妙に私を安心させる。心の余裕の違いだろうか。

腕時計の針は一時九分を指している。ノートの脇に出していたヴォイス・レコーダーのスイッチを入れる。表面の小さなモニターが起動する。

頑張ろう……。

ホワイトボードの上の壁時計が、あと十五秒で十分になろうとしたとき、奥の扉が開いた。長身で痩せぎすの男が出てきた。地味なスーツ姿だ。無愛想な顔立ち。たぶん四十代半ばぐらい。

部屋の隅から壇上に移動していくその横顔を眺めながら、あれ、と太郎は思った。

この人、どこかで見たことある——。

やがて男は太郎のテーブル脇を抜け、演台の向こうに立った。こほ、と小さな咳払いをしたあと、太郎たちを見渡すこともせずに口を開いた。

「初めまして。伊藤と申します。ではみなさん、早速ですが講義を始めさせていただきます」

その、そっけないこと極まりない挨拶。低く錆(さ)びた声。

……あ。太郎はようやく思い至った。

大学の教養課程——その選択科目のなかに、たしか『統計と確率』があった。二度ほど出て、単位取得はかなり厳しいと噂で聞き、他の科目に切り替えた。

この伊藤は、その時の講師だ。下の名前は忘れたが、たしか教授か准教授だった。

伊藤はマーカーを手に取ると、いきなりホワイトボードに向き直り、慣れた手つきで大きく文字を書いていった。太郎が見ているうちに、

『人生の確率』

と、そこには書かれた。

伊藤がこちらに向き直った。

「今から、この題目に関して話したいと思います」

そして束の間黙り込んだあと、いきなり滔々(とうとう)と喋り始めた。

「私が思うに、人生の事柄の大多数は確率論で説明できます。最初に申し上げておきますが、これは良い悪い、という倫理観とはまったく別世界にある事象です。特に、ある事柄に関しての成功する可能性は、ほぼ百パーセント確率論で説明できます。少なくとも私はそう思っています」

太郎はほとんどノートというものをとらない。話されている内容をその場で完全に理解すれば、あとはそのキーワードを書いておくだけで、後日見たときに内容は完全に蘇(よみがえ)る。自分だけでなく、本当はみんなそうなんだ。人の話をその時に完全に理解しておけば、思い出すきっかけの言葉さえ残せばいい。

ふと目の前の柏木を見る。その風体にも似合わず懸命に話に聞き入っている。そしてノートの上に、絶えずペンをカリカリと走らせている。

「よく『努力すれば、ヒトは必ず報われる』と言いますが、それは非常に精度を欠いた言い方です。必ず、とか、絶対、などということはこの世の中にはまずありません」

「より正確に言えば、『ある事柄に対して努力をすればするほど、その成功の確率は上がる』ということです。逆に言えば『どんなに努力をしても、失敗の確率は残っている』ということでもあります。それでも成功するためには、努力を続けるしかありません。例えば、五の力しか出さなければ六十パーセントの成功率でも、七の力を出せば八十パーセントになる。九の力を出せば、九十パーセント。限界の十である力を出せば、九十五パーセントまで上がるかも知れません。しかし百パーセントということはない。結果には、本人の状況だけではなく、制御できない自分以外の要因も大きく影響してくるからです。成功の確率とは、そういうものです。だから、一流といわれるアスリートで、普段はコンスタントに優秀な結果を残す選手でも、たまには不本意な成績に終わることもあります。それでも彼らは、本人が意識する意識しないにかかわらず、成功の確率を上げるための努力を怠らない。体感的に、努力しなければ何も始まらないことを知っているからです。百パーセントの力を振り絞っても、負けるかもしれない。そこまで分かっていても、成功の確率を上げるためにはやり続けるしかない。しかもその努力の仕方も、間違った方法をとれば、いくら懸命にやってみたところでほとんど効果は期待できません。では、『成功の確率』を上げるための本当の努力とは何か？　今度はそのことについて、分かりやすい例をあげて説明します」

伊藤はふたたびボードに向き直った。マーカーのキャップを取り、『人生の確率』の下に、『バッターA』『バッターB』と書く。さらに『バッターA』の下に試行錯誤タイプ、『バッターB』の下に猪突猛進タイプ、と書き加える。

「プロ野球のバッターの例で説明します。ここに打撃のスランプに陥っているバッターが二人いるとします。そのスランプを抜けるため、Aはバットを持つグリップを変えたり、振り出すタイミングを変えてみたり、いろんな試行錯誤を順々に試しています。いわば理詰めですね。Bは自分の感覚だけを頼りにひとまず特打ちをやり続けています……私も素人ですから、プロの世界ではどちらのやり方がいいかは分からないですが、一般的な仕事の世界では、ちゃんとその方法論を意識しつつ努力をするほうがいいように思います。目的に至るまでの過程を、ないしはそのために上がっていく階段を、自分なりに明確にしておくのです。そして失敗の可能性を一つ一つ消しながら、その階段を上っていく。これが、『成功の確率』を上げる正しい努力の仕方のように思われます」

伊藤の話はさらに続いていく。

だが太郎にはそこまでの話で、この伊藤という人間が言いたいことの核心はまず摑んだかなと感じられた。本人も、最初に結論を述べます、と言っていたし。

成功する確率を上げる≒成功、とノートに書いた。続いて、成功の確率を上げられる者が成功者になる確率が高くなる。でも失敗の確率も常に残っている。だからこそさらに努力する、と書いた。そして成功するものは、失敗の要因を一つずつ確実に消していける者……。

少し笑う。たしかにそう考えれば、世の中の仕事の失敗・成功は、そのすべてが確率だ——。

午後三時四十五分——。

柏木は部屋に戻っている。先ほどからテーブルの上のレポート用紙を睨(にら)みつけたまま、しきりに片方の膝(ひざ)で貧乏ゆすりを続けている。

どうしても考えがうまくまとまらない——。

三時前に『確率』の講義が終わると、再び小泉が壇上に上がった。と同時に、アシスタント役の関根がレポート用紙を受講者に配布し始めた。今日の五時半までにフロントへ提出していただきたいとのことだった。

「提出された時点で本日の講義は終わりとなります。明日の朝は七時にこちらに集合となります。各自夕食を摂られたあとは、長旅の疲れを取るためにも、出来れば早めにご就寝ください」

……今、柏木の目の前にそのレポート用紙がある。

名前とグループ名を書く欄があって、そのあとにこう文章が続いている。

本日の講義の内容を、あなたなりの分かりやすい例を挙げて、下記の欄に五百字以上、六百字以内でもう一度解説してみてください。その上で、あなたなりの感想を述べてください。

「……」

そのあとに続く升目(ますめ)を睨みつけたまま、柏木はつい深いため息をつく。さらに思い切り顔をしかめた。貧乏ゆすりがさらに激しくなる。

いったいどう書いていいものやら、まったく見当がつかない。確かに柏木は本や雑誌を読むのは好きだ。だが、書くほうとなるとからきしだ。個人的な感想や意見を書いたことなど、小学生のときの読書感想文以来絶えてない。もう一時間近くもこうやって固まっている。

……ったく。いったい何をどう書けばいいんだろう。

ちらりと腕時計を見た。三時五十二分。提出の時間まであと一時間半しかない。たしか小学六年生のときの読書感想文は、書くのに丸々一日かかった。くそ。焦る。

いっそのこと適当な美辞麗句(びじれいく)を並べ立てて——いや。それはマズい。間違いなく主催者側はおれのいい加減な意図を見破る。

おれに一瞬笑みを見せてきた鷲尾……。やはり、それは出来ない。

再び時計を見る。三時五十四分。考えが全然まとまらない。

思わず側頭部を掻き毟った。クサクサする。テーブルの隅に置いたままのマルボロ・ライトが目に付く。講義中は禁煙。この室内も禁煙。タバコを吸ったのは、ここに到着してからウッドデッキで一服しただけだ。四時間以上経っている。束の間迷う。だが直後には決心する。

よし。ほんの一瞬だけ気分転換だ。マルボロ・ライトを手に持ち、部屋の外へ出た。

途端に北緯二十七度の陽光が柏木の頬(ほお)を焦がす。部屋の前はウッドデッキに面している。が、誰もいない。

みんな部屋の中でレポートを必死に書いている……。あのうらなり小僧なんざ、もうさらさら書き終わってしまっているのかもな。講義中にノートをとり続けながらも横目で捉えていた。あの小僧は、ほとんどノートというものをとっていなかった。相当に自信がある。他には何の能もないが、たぶんこういうお勉強だけは出来るタイプに違いない。

ま、いい。人は人。おれはおれさ。

その中心までブラブラと歩いていき、デッキチェアに腰掛ける。目の前の丸テーブルには、ちゃんと大きな貝殻の灰皿がある。マルボロに火を点ける。フィルターを口に含み、大きく吸い込む。しばらくぶりのニコチンに一瞬頭がくらりとする。長く煙を吐き出しながら、なんとなく頭上を見上げた。雲ひとつない青空が広がっている。

午後四時だというのに、夕暮れの気配さえない。いったいこの空のくっきりとした碧さはなんなんだ。

鷲尾をはじめとした主催者側は、いったいなんでこんな能天気な島でセミナーを開く気になったのか。東京からここに来るまでには時間も交通費もしこたまかかるというのに、未だにその意図が皆目分からない。だが、きっと何か必然があるはずだ。

ぱん、ぱん——。

柔らかなモノを叩く音。すぐ近所から響いてくる。チェアから身を起こし、左右を見回す。ウッドデッキの先、生垣の向こうに私道がある。民家が五軒ほど連なっている。本土とは違い、ブロックやコンクリート造りの角ばった家屋がほとんどだ。音は、その左端にあるオレンジ色の民家の二階から出ていた。

太った女性がベランダに出て、布団叩きで何組もある布団を叩いている。高層ビルばかりの都心部では滅多に見なくなった光景。平和極まりない風景。

思わず一人苦笑する。

なるほどね。あのうらなり小僧の家族ばかりではない。この小笠原にも幸せ一家は大勢いるというわけだ。まるでホームドラマを地で行く世界。

……ん？

思わずがばりとチェアから身を起こした。閃いた。そそくさと吸いさしを貝殻にもみ消し、部屋へと踵を返した。

由香はゆっくりと坂道を登っている。

レポートの文面は一時間ほどで下書きを終えたが、ぎりぎりの時間まで自分なりに推敲を重ねた。なるべく読み手に印象良く書かなければ……五時十分になって、初めてその文章をレポート用紙に写し出した。

写し終わると五時二十五分だった。由香はその出来栄えに満足を覚えた。

すぐに用紙をフロントに出しにいった。フロント脇のソファには何人かのセミナー受講者が屯しており、静かに世間話をしていた。おそらくは相部屋になった者同士が、少しずつ親密になっている。なんとなく居たたまれない気分になり、すぐに部屋に戻った。しばらくぼうっとしたまま、テーブルの上の案内書をぱらぱらとめくっていた。

案内書の中に、この父島のガイドマップが入っていた。ぼんやりとその観光地図を眺めているうちに、このホテルのある大村地区の西側に、小さな山があることを知った。

三日月山。標高は約二百メートル。その中腹に、三日月山展望台というものがあった。

妙に気になって、由香は自宅から持ってきたガイドブックを開いた。

三日月山……通称はウェザーステーション。

断崖絶壁の上に立つ見晴らしのいい展望台で、その脇には気象観測用のレーダーがある。

だからウェザーステーションとも呼ばれているらしい。展望台のテラスからは、西側いっぱいに百八十度の大海原を見渡すことが出来る。このホテルからは歩いて約二十五分の距離。

西側に見える海……由香はふと腕時計を見た。五時四十分。夏至も近いこの季節。たぶん日の入りは六時半前後。

今日は天気もいい。今から歩いていけば、海に沈む夕陽を見られる。まだ夕食を摂るには早いし、ちょっと行ってみよう。

――それで今、由香は坂道を登っている。

アスファルトの舗装がコンクリートに変わり、坂の勾配がさらにきつくなる。頭上に鬱蒼と生い茂っている亜熱帯の植物。それらの木々の大量の落ち葉が、道の両端に溜っている。

コンクリートの坂道を五分ほど登り続けただけで、額から汗が噴き出してきた。うなじにも幾筋もの汗が伝っているのが分かる。やっぱり相当な運動不足だ。

さらに黙々と歩き続けていると、由香の横を数台のクルマや原付が追い越していった。タクシーもあれば観光業者のバンもある。たぶんみんな、夕陽が沈むのを見に行く。

しばらくそうして登り続けていた。手持ちのハンドタオルが汗でぐっしょりになり、一度絞ろうかと思い始めたときに、不意に道の先が明るくなった。

坂の勾配が消え、両側から覆いかぶさっている木々の先に、ぽっかりと蒼い空が見える。もう少し。由香は心持ち歩く速度を上げた。

両足が平地に立ち、頭の上に大きく空が開けた。山の中腹が広場になっている。広場の右隅には気象観測用の鉄塔。そして左手には、やや小高くなった丘の上に内部が吹きさらしになった大きな木造の構造物がある。展望台だ。その前には、先ほど由香を追い越していったクルマやバイクが三、四台停まっている。もっと多くの車輌が追い越していったと思っていたが、案外少ない。時計を見る。六時十分。日没にはまだ多少時間がある。階段を上っていき、展望台に出た。

木造の床はホテルのウッドデッキと似たような造りで、広々としている。床の上を大きな屋根が覆っている。その屋根と床に挟まれて、西側いっぱいに海の景色が切り取られていた。圧倒的な量の水を湛えている海原。その水平線の中央に、ゆっくりと太陽が落ち始めている。きらきらと輝く水面から乱反射する陽光が、支柱や屋根の裏にまだら模様を映し出している。

断崖の縁ぎりぎりまでせり出しているテラスにゆっくりと歩み寄る。由香の周りには十人ほどの人間が散らばっている。みんな日没の光景を待ち構えている。

「今日はさ、六時三十二分だって」

そんな声が近くから聞こえた。男女のカップル。そしてその向こうには観光ガイドと思しき人間と、一組の老夫婦。逆側には作業服姿の男が手摺にもたれて立っている。

「今日は快晴ですから、これから日没まではどんどん見物客がやってくると思いますよ」

観光ガイドの声が聞こえる。

しばらくするとその言葉通り、展望台に少しずつ人が集まってきた。

由香はテラスから離れた。いかにも楽しげで陽気そうな人の群れの中にいるのは苦手だった。いつものひねこびた感情が出てくる。自分がくすんだ存在に感じられる。後退(あとずさ)りするように、背後の軒下のスペースへと戻っていく。

だいじょうぶ。屋根の下からでも日没は見える。それに誰もいないぶん、リラックスできる……。

テラスから一段、二段とウッドデッキを上がって、軒下のスペースに入った。入ったとき、初めて気づいた。屋根の下に、奥のスペースを囲むようにして大きなL字型のベンチがある。

そのベンチの一番右端に、男性が一人、ごろりと仰向けになっている。展望台に来たときにはちょうど死角になっていて気づかなかった。開いた本を顔に載せたまま、お腹の部分で両手を軽く組んでいる。

ひょっとしたら眠っているのかもしれない。

そろそろと進んでいき、日没を正面から眺められる位置に腰掛けた。金色に輝き始めた前方の海原を漫然と眺めながらも、ときおりちらちらと横を見遣る。

依然仰向けになっている相手……由香の座っている場所から三メートルほどの距離だ。その様子が、どことなく気になる。Tシャツから出ている腕は細く白い。くたびれかけたジーンズを穿いている両足もすらりとしている。かなり若い。たぶん青年。

やや首を伸ばし気味にして、顔の上に載っている本を観察する。文庫本だ。目を懸命に細める。

『スペードの女王』。プーシキン。

こういう場所でプーシキンを読んでいた。その感覚。やはり若いと感じる。

由香は視線をふたたび前方に向けた。張り出したテラスに次第に人が増えてきている。そういえば先ほどからクルマやバイクの音が背後からしきりに聞こえていた。広場を振返ると、クルマが五台に、バイクが三台に増えていた。夕陽を指差して笑う彼らのざわめきが聞こえてくる。

と、横から微かなため息が聞こえた。

振り返ると、仰向けになっていた青年が文庫本を右手に持ち、ちょうど半身を起こしたところだった。細面の顔が上がり、こちらを見る。

あ——。

同じセミナー受講者の一人だ。そして船のデッキで私に肘が当たった青年。

直後、相手が黙って会釈をしてきた。慌てて由香も頭を下げる。

こんな陽気な人だまりの日暮れに、お互いに一人。言葉はない。なんとなく気まずい……。

それでも青年は立ち上がると、由香に対して控えめな笑みを見せてきた。由香もほっとして少し笑みを返した。青年はふたたび微笑を浮かべると、ごく自然な足取りで踵を返した。そのまますぐ脇の階段を下り始める。

由香は思わず口を開きかけ、止める。

不意に背後から小さな歓声が湧いた。振り返ると、ちょうど赤い夕陽の最下部の弧が、水平線に溶け始めていた。

ややあってもう一度広場を振り返った。文庫本を片手に持った青年が、下り坂に一歩足を踏み出したところだった。二歩、三歩と進み、その背中は亜熱帯の木立の中に見えなくなった。彼は、この綺麗(きれい)な日没に興味はないのだろうか——。

青年の座っていたテーブルも、その位置も覚えていた。

……あとで名前を確認しよう。

スタッフたちと夕食を食べながら打ち合わせを終えたのが午後九時だった。

鷲尾をはじめとするスタッフたちのホテルは、受講者のホテルから一区画歩いたところにある。一次セミナーの講師陣も同宿している。セミナー受講者のホテルよりもやや格落ちの宿だ。当然宿泊料金も安い。経費節減のためだ。

午後九時四十五分――。

鷲尾は夕食後すぐに部屋に戻り、レポート用紙に眼を通し続けている。一番テーブルの受講者のレポートから始め、今は二番テーブルの最後の受講者の分に眼を通している。

名前は、柏木真一……むろんその経歴は覚えている。やはり以前の職業柄か、あまり書き慣れた文字でも文章でもない。しかし、その感想欄の三分の一まで眼を通したとき、鷲尾は微笑んだ。

「私は子どもの頃、いわゆるホームドラマというものが大嫌いでした。大人になった今もそれは変わりません。現実にはありえない、非常に嘘くさい世界だと思っていました。今日の『確率』の授業を受けて、何故そう思ったのか、はっきりと分かりました。自分はホームドラマの何が嫌いだったのか。何か揉め事が起こり、喧嘩して、最後にはみんな仲良くなる。そしてさらに今以上に家族は幸せになる。でも、そこには何の根拠もありません。今日先生が言われた『努力すれば、人間は必ず報われる』という生ぬるい価値観を、まさしく地で行っている世界です。これこそ先生の言われた『おそろしく精度を欠いている世界』でしょう。

　本当はどんなに努力しても駄目になることはある。それでもあることをうまく行かせる『確率』を上げるために、それはホームドラマの世界で言えば一家の商売かもしれませんし、家族関係かもしれませんが、正しい方法での努力を惜しんではいけないということだと思います。ただ、子どもにはここまでの精度の価値観は分かる必要は無いと思います。しかし社会人経験を積んだ大人ならば、やはりこの『確率』は知っておくべきだと感じました。もちろんそれを承知で、心の安らぎとして見ている賢い大人も大勢いるとは思いますが。

　駄目になる可能性はどんなに努力してもある。それでも、成功の確率を上げるためには努力し続けるしかない。以上です。ありがとうございました」

　鷲尾は最後まで読み終え、さらにもう一度読み返した。そして再び少し笑った。
　赤いサインペンのキャップを外し、レポート用紙の隅に『全』と書いた。そしてそのレポートを、右手のファイルボックスの中、浅川太郎のレポートの上に載せた。
　テーブルのファイルボックスは、『全理解』と『半理解』と『無理解』の三つがある。三番テーブルの受講者のレポートに移った。今夜はこのテーブルまでを終えたら床に就く。続きのレポートは明日の午前中に眼を通す予定だ。

柏木が朝の七時五分前にレストラン兼セミナールームに入ると、ほぼ全員が揃っていた。すでに壇上には小泉も立っている。

彼女に向かって軽く会釈をし、席に着いた。目の前の浅川――うらなり小僧と視線が合う。無視してふたたび壇上を見る。

小泉が少し微笑み、口を開いた。

「ではみなさんお揃いになりましたので、一、二分ほど早いですが、本日の予定を始めさせていただきます」そう言って受講者全体を見渡す。「今から一時間弱のウォーキングに出かけますが、歩き易い靴を履いてこられていない方はいらっしゃいませんね？」

相変わらず受講者は無言だが、それでも大多数の人間がほぼ同時にうなずいた。

小泉も大きくうなずき返し、「では、一番テーブルの方から順に、私の後に付いてきていただければと存じます」と言って早速部屋から出始めた。

柏木はつい小泉のスカートから覗く脹脛（ふくらはぎ）を見た。いかにも健康そうに弓なりに張り、そのボリュームが足首にかけて絞り込まれていっている。足元は黒のナイキ。ウォーキングシューズ。

一番テーブルの人間が立ち上がってぞろぞろと彼女のあとに付いていく。

続いて柏木たちの二番テーブル。テーブルの脇に出たところで、何故か浅川のすぐ後ろになった。こいつ……思わず舌打ちしたくなる。とことん鬱陶（うっとう）しいやつ。

ホテルの敷地から道路に出ると、集団は細長い行列になった。行く場所は分かっている。案内書に書いてあった。大村地区の北東にある大神山（おおかみやま）神社というところだ。健康管理を兼ねた朝の散歩だ。

先頭の小泉は昨日バスで来た大通りではなく、北側に向かう道を進んでいる。

柏木は列に付いて行きながらもちらりと後ろを振り返る。背後にさらに二十人ほどの受講者が続き、最後尾を関根が歩いている。

それにしても、と思う。

この町の感じ。確かに法律的には日本ではあるのだが、どことなく日本ではない雰囲気が漂っている。民家はコンクリートやブロック造りがほとんどだし、ごくまれにトレーラーハウスも目につく。虫食いのようにぽっかりと空いた区画には青々とした芝生が一面に植わり、近所の自家用車と思しきクルマが雑に停められている。特にホテルから北側の区画はそうだ。芝生だらけの平地に、民家がポツンポツンと建っている。その平地の中に、棕櫚の木やフェニックスがこれまた思い出したように生えている。映画でしか見たことはないが、まるでアメリカの片田舎の景色だ。

そしてそんな光景の中に、地元民は誰もいない。走っているクルマもない。人口が少ないせいだろうか。そんなことを考えつつも、柏木はふと一つの話を思い出した。

南に住んでいる人間ほど、宵っ張りが多いという。だから朝起きてくるのも遅い……。行列は曲がった角の一区画を過ぎ、南側にある三階建ての大きなコンクリート造りの建物の横を通過し始めた。大きな駐車場の敷地に旗が上がっている。

「小笠原村役場です」立ち止まった小泉がこちらを振り向いて言った。「通りの反対側にありますのが、郵便局です。さらにその向こうが警察署です」

北側を見遣ると、たしかに真新しい建物が二つ並んでいる。

「それで――」と、小泉はさらに役場の東側を南北に走る大通りの海側を示して、「あちらの先に見えますのが、B - しっぷ、小笠原村観光協会です。ホエールウォッチング協会も兼ねています」そしてこう締めくくった。「つまりはこの一帯が、小笠原諸島の行政の中心地となります」

南北に走る大通りを渡り、さらに東に向かっていく。相変わらず目の前を浅川が歩いている。この小僧はひょこひょこと、実に頼りない歩き方をする。柏木はかすかに苛立つ。

一行はなおも進んでいく。居酒屋や定食屋、土産物屋が両脇に立ち並ぶ路地に入った。ここもまた、ある意味で大村地区の中心だ。ここでもほとんど地元民の姿を見かけない。

その飲食街を半ばまで過ぎたときに、目の前の浅川が一軒の定食屋に視線を向けた。『そば茶屋・おふく』と看板が出ている。

その顔が、一瞬なにげない素振りで後ろを振り向く。自然柏木の視線とぶつかった。やや気まずい。おれは今こいつを黙って眺めていた。目を逸らそうとした瞬間、「ここで、夕べ食べました」そんなつぶやきともとれる言葉を、浅川が洩らした。

「おれはその先だ」気が付けば柏木も答えていた。「その先の居酒屋」

言ってからひどく後悔した。これではまるで仲良くなりたい者同士のようじゃないか。が、浅川はかすかにうなずいた。その反応に思わずほっとしたが、柏木はそれ以上口を開かなかった。むろん浅川もそうで、また前方に向き直り、歩き始めた。

柏木も黙ってその後を付いていく。

……相変わらずのひょこひょことした足取りだ。


飲み屋街を抜けたところの十字路を、小泉は北に曲がった。

太郎は歩きながら前方を仰ぎ見た。

百メートルほど先の道が途切れたところに、大きな鳥居が立っている。案内書に書いてあった大神山神社の入り口だ。そこから中腹の木々に埋もれるようにして、小高い山の上まで延々と階段が続いている。たぶん標高は五十メートルほど。

鳥居の下まで来た小泉はこちらを振り向いたまま立ち止まった。その周りに受講者たちが次第に輪を作っていく。

もう太郎は気づいていた。今日から始まる毎朝のウォーキングは、たぶん島内のオリエンテーションも兼ねている。案内書の日程を最後まで見ると、一次試験が終わったあとでもう一つの有人島・母島に三日行き、再度父島に戻ってきて残りの日程を過ごす。そして一次試験以降の授業には、小笠原島民の体験談という科目が組み込まれている。戦前、戦中、戦後の時代を、この小笠原で過ごした住民たちの体験談だ。

だからこのウォーキングは、おそらく彼らの話を聞くための島内情報の土台固めの意味もある。

全員が集まったところで、小泉は口を開いた。

「ではみなさん、今からこの参道の階段を上がり、大神山神社の境内まで参ります。階段は百五十段ほどありますのでかなり疲れるとは思いますが、頑張っていきましょう。境内に着いたら一休みいたします」

そう言い終わると、太郎たちを見回して少し微笑み、踵を返した。石造りの階段を上り始める。太郎たちも後に続く。

階段を中ほどまで上ってきたとき、すぐ後ろから軽いため息が洩れた。太郎は一人微笑む。誰のため息かは見なくても分かる。あの柏木という男だ。たぶん三十五歳は過ぎている。タバコも吸うタイプ。延々と上り続け、さすがにしんどくなってきたらしい。

さっき、思わずこの男に話しかけた。それ以前から相手の視線を、背中になんとなく感じてはいた。だから、昨日夕ご飯を食べた店を見遣ったとき、つぶやくように言った。

何も期待してはいなかった。が、相手は意外にも反応を返してきた。

階段を上り続けながらも考える。

それに引きかえ、今、太郎の横を上っている中年の男……相部屋になった男だ。四十代半ばの男性。昨日の到着後、相部屋だと分かった直後には、お互いに丁寧に挨拶を交わした。が、その後連れ立って部屋に行っても話はいっこうに弾まなかった。

うまくいえないが、この中年男は自分のことだけで手一杯という印象を受けた。太郎には単なる同宿者という以外、何の興味も持っていないように思えた。

講義のあと、太郎はレポートを二十分ほどで書き上げた。相手はまだ書き上げていないようで、テーブルで頭を抱えていた。太郎はなんとなくだが、小笠原のガイドブックを広げたまま一緒の部屋にいた。その間、お互いにずっと無言だった。

小一時間ほど経ち、男が書き上げたようだった。太郎は気を利かせて言ったつもりだった。

「よかったら、ぼくの分と一緒に出してきましょうか」

が、

「いや。いいよ。自分のことは自分でするから」

そう、いかにもそっけない答えが返ってきた。

太郎の好意は宙に浮いた。その太郎の気まずさを感じ取ったらしく、男は慌てて付け加えた。

「でも、ありがとう」

「あ、はい」

答えはしたものの、既にその時点で、この相手とこれ以上仲良くなるのは難しそうだな、と感じた。見るからに長年サラリーマンをやって来たという印象の、多少疲れた雰囲気を引き摺っている相手……意識しないうちにこの男の経歴を想像していた。

ひょっとして勤めてきた会社でリストラに遭ったのかもしれない。でなければ、六月の平日にこんなに長い休暇は取れないはずだ。そしてこの歳だったら、たぶん養うべき家族がいる。住宅ローンも抱えているかもしれない。とはいえ、この年代だとなかなか再就職先は見つからないだろう。このセミナーに合格して、再就職の斡旋を受けることに必死なのかもしれない。

だとしたら、自分などに構っている気持ちの余裕は、とてもない……。

文庫本とレポート用紙を片手に持つと、「ちょっと出てきますね」と言い残し、部屋を出た。

レポートを提出したあと、大村地区を西に抜け、三日月山に向かった。ガイドブックで見たウェザーステーションに登ってみようと思っていた。

鬱蒼と茂るガジュマルの木々に囲まれた民家の前を通りかかったときだ。正確には民家とは言えない。敷地の中にトレーラーハウスが三つあり、それが住居になっているようだった。コンクリート敷きの庭には大きな長テーブルがあり、その周りを囲んで、上半身裸の男たちが日暮れ前から酒を飲んで談笑していた。

その前を通り過ぎながらも、ふと羨ましく感じた。

自分の日常には、ああいうふうに仲良く談笑する相手はいないな……。

そんなことを思い出しながら、三日月山に登った――。

今、大神山神社の境内への階段を上っていきながら、太郎は途中で後ろを振り返る。眼下の階段に続いている受講者の群れ。その最後尾に、女がいた。あの太った女。遠目にも明らかに息を切らしている。昨日ウェザーステーションで偶然会った。セミナーの参加者同士が鉢合わせするのはあまりにも場違いな雰囲気だったので、お互いに会釈をしただけだった。

先ほど柏木という男につい話しかけた自分……。

ひょっとしたら人恋しいのか……。

ようやく境内にたどり着いたときには、すっかり由香の膝は笑っていた。

昨日は三日月山に登っても、全然平気だったのに……。でもそれは、自分のペースでゆっくりと登って行けたからだ。今朝は違う。みんなに遅れまいと、懸命に階段を上がっていた。それでも気がつけば最後尾を歩いていた。セミナー参加者はみんなすでに境内の中に散らばり、ある者は腰を下ろし、ある者は社の周囲をぶらぶらとしている。

由香は境内の隅にある手水の前で立ち止まり、ハンドタオルを取り出して額の汗を拭く。何人かの男の視線を感じる。つい額を拭っていた手を止める。

三十前の女が、男のいる前で大量に噴き出した汗を拭う……情けない。私はやっぱり冴えていない。

ではみなさん、よろしいですかー。

境内の西側、ちょうど由香の位置とは反対側に立っている小泉の声が響く。小泉が立っている少し先は崖になっている。

「上から見たこの大村地区のご案内をしたいと思いますので、こちらのほうにお集まりくださーい」

彼女はいつも元気だな、と思う。小泉の塞いでいる様子はちょっと想像できない。

由香はゆっくりと境内を横切っていった。

小泉のすぐ前まで来て立ち止まった。

彼女の向こうに水平線が見える。今日も快晴だ。すぐ眼下には二見湾と、ホテルのある大村地区がくっきりと見える。こうして高台の上から眺めると大村地区は本当に小さい。

まるで手のひらの中にすっぽりと入りそうな印象を受ける。

受講者はほぼすべてが揃った。竹崎も少し離れた場所に立っている。昨日展望台で見た青年――浅川もいる。

ややあって小泉は口を開いた。

「ではみなさん、眼下をご覧下さい」それから不意に微笑し、「でもあまり縁には近寄らないで下さいね。万が一のときに危ないですから。お願いいたします」と付け加えた。

由香をはじめとした受講者は全員がやや前に数歩踏み出し、ふたたび立ち止まる。

「では大村地区の向かって右側のほうをご覧下さい。海岸を走る大通りと、その海岸に北からぶつかるもう一つの大通りがありますね。そこに信号が立っています。信号の角にある大きなコンクリートの建物が、先ほど通り過ぎた村役場です。みなさんのホテルは、さらにその向こう、役場から百メートルほど先の青い小さな建物が密集しているところ。あそこになりますね。この大村地区のもっとも西のほうに位置します」そこで小泉は言葉を区切り、さらに口を開く。「ホテルの先、海岸通りから二百メートルほど向こうでは民家が途絶えていますね。その行き止まりに白いゲートがあるのがお分かりですか」

ホテルの先に、かすかに見えた。白いゲート。大通りはそこで大きく北に迂回している。

「海上自衛隊の駐屯地です。戦後、アメリカからこの小笠原が返還される一九六八年までは米軍の基地がありました」

うん。確かにそういう記述がガイドブックにもちらりとあった。

「視線をやや戻していただいて、今度は村役場の南側をご覧ください。海岸通りと海に挟まれて公園がありますね」

小泉に言われたとおりに視線を戻す。ガジュマルや椰子(やし)の木に囲まれた芝生の公園がある。

「米軍統治下時代は、あの場所から左手の海岸沿いに、米軍司令部オフィスや、戻ってきた島民子弟に教育を施すためのラドフォード提督初等学校などが連なっていました。ちなみにこの学校は七年制で、完全なアメリカ式の授業だったそうです。それ以上の学年に進む子弟は、グアムのジュニア・ハイ・スクールに編入したそうです」

へえ、と由香は感じた。新鮮な驚きだった。

「海岸には他にも、屋外の映画スペースや、BITCと呼ばれるマーケットや、プールなどの施設もありました。なお、当時の島民人口は全体でも二百人ほどでした。対して戦前には、最も多いときで五千人弱の島民がいました。現在の人口は約二千人です。ですから戦前や今のように民家も密集しておらず、ここ大村地区には三十軒ほどの民家が、ポツンポツンと広がっていたそうです。空いていた敷地は、米軍によりすべて青い芝生で埋め尽くされていたようです。みなさんのホテルの周辺には、今もその名残がありますね。芝の敷地の中には、テニスコートや野球場やカマボコ兵舎もあったそうです。むろん看板も、日常の公用語も英語です。軍司令部には星条旗が毎日掲げられていました。アメリカ軍統治下の島民の二十数年の暮らしは、名実共にアメリカの中にあったと言えます。島民の日常は米軍と密接に繋がっていたため、ある意味では同じくアメリカ統治下にあった沖縄より、アメリカ文化が色濃かったかもしれません」小泉の話は続く。「最後になりますが、つい今しがたも申しましたとおり、現在の父島の人口は約二千人です。ですが、それはあくまでも登記上の数字で、実際には二千五百人ぐらいの人間が暮らしていると言われています。何故か分かりますか？」

　束の間の沈黙のあと、

「それは、観光に何か関係がありますか？」

　声のしたほうを見ると、竹崎だった。

　小泉は大きくうなずいた。

「そうです。ご存知の方も多いかとは思いますが、ここ小笠原は世界でも最も透明度の高い海の一つと言われています。沖に出ればイルカやホエールウォッチングも楽しめます。世界的に有名なスキン・ダイバーであるジャック・マイヨール氏も訪れました。今から百年ほど前には、ジャック・ロンドンという作家もこの父島を訪れ、その小説の中で『最後の楽園』と紹介しています。サーフィンも年中出来ます。当然マリンスポーツを目的に、多くの観光客が本土からいらっしゃるわけですが、中にはこの島が非常に気に入り、住み着く方もかなりの割合でいらっしゃいます。居酒屋やスナックでバイトをしながら海を楽しんでいらっしゃるフリーターの方ですね。一年や二年以上滞在していても、ときおりは本土に戻るので、住民票を移さない方がかなりの割合でいらっしゃると聞いています。プラス五百人は、そういう方々の上乗せ分ですね」

言い終わると小泉は手首を返してちらりと下を向いた。腕時計を見ている。つい由香も自分の時計を見る。七時三十五分。

「ではみなさん、八時からお食事になりますので、そろそろホテルに戻りましょう。今日の午後は島内巡りになっていますから、また詳しいガイダンスは地元のガイドの方からあります」

朝食ののち、十分の休憩を挟んで、すぐにセミナー開始となった。

柏木がノートを開いた直後、スタッフ入り口の扉から女性が出てきた。小泉ではない。見たところ五十代半ばの痩せぎすの女性だ。ややこげ茶色に染まったセミロングの髪は肩上で軽くウェイブしている。女性はつかつかと壇上まで進むと、束の間部屋全体を見渡し、マイクのスイッチを入れた。柏木はその視線に力を感じた。一種の目力だ。この女、そうとう自分に自信がある。

「みなさん、おはようございます」

おはようございます、と部屋のところどころから返事が湧く。女性は軽くうなずき返すと、

「では早速ですが、講義を始めさせていただきます。私、今回の講師を務めさせていただきます大西と申します。よろしくお願いします」

と軽く頭を下げた。言葉使いこそ丁寧だが、その口ぶりや仕草、佇まいにごく自然な威圧感を感じる。

大西はマーカーを持つと、ボードを向いた。

『出発点↓経由点↓着地点』

と、大きく書いて、ふたたびこちらに向き直り、唇の端で少し笑った。

「こう書くと、なにやら無機的でとっつきにくく感じられるかもしれませんが、難しい話ではありません。モノの考え方のお話です」

うむ、と柏木は感じ入る。やはりこの女、自分に圧倒的な自信がある。

「みなさんも、幼い頃に勉強しなさいと親に言われたご経験がおありでしょう」と、いきなり大西は本題に入った。「勉強しないと、偉い大人にはなれませんよ、いい暮らしはできませんよ、という言い方です。事実、人生にはそういう側面もあります」

柏木はさっそくペンを動かしながらも、なんとなく浅川の様子が気になる。たぶんこいつは、今まで親からそういうことをずっと言われて育ってきたような感じがする。

「そして学校の勉強を頑張り、いい大学に入り、いい企業に就職する。それはそれで、システムとしては合理的な生き方です。しかし個々人の一生を考えた場合、それはあくまでも合理的な経由点ということに過ぎません。本当の着地点は、個人それぞれのものでしょう。しかし往々にして、人はその経由点を人生の着地点と勘違いしがちです」

そして大西は再びちらりと笑った。

「私事ですが、私には小説家志望の友人がおります。大学を卒業して以来三十年、ずっと小説を書き続けております。彼女にとっては、人生の着地点が小説家になることのようです。しかし私などは、その彼女の生き方にやや疑問を感じております。小説を書くことが好きなのであれば、小説家になり、作家として自分が生涯を懸けて書いていくに値する対象を捉えた上で、それからの一生を生きていくことが最終的な着地点だと思うのです。ですが彼女の着地点は、あくまでも小説家になる時点で留まっています。そこから先の人生は、あまり考えていないようです。とりあえず公募の新人賞を取ることだけに躍起になり、その傾向と対策ばかり考えて作品を書いているようです。……門外漢の私が考えるだけでも、そんなことでは彼女は作家になれる可能性は低いでしょう。仮になれたとしても、すぐに消えていくでしょう。なぜなら、最終的な着地点を勘違いしているのですから。作家になった上で、どういうものを書いていきたいかという必然がまるで感じられない」

言いつつ、マーカーでボード上の経由点に大きく丸をする。

「この彼女の事例は、先ほど申し上げました『勉強を頑張り、いい大学に入り、いい企業に就職する』ということに非常に似ていますね。しかしながら、仮にそういう立場を手に入れた後、先のことを何も考えていない。その立場を手に入れたあとで、自分がどういう仕事をやりたいのか、どういう人生を送りたいのかというビジョンがまるでない。結婚することと自体が目的の女性も同じです。お嫁さんになることが目的。しかし、その後の結婚生活に関してはステレオタイプな理想を持つだけで、なんら自分なりのイメージがない。ですがその後も人生は続きます。むしろその後の人生のほうがはるかに長い。ですから、やはりそこが着地点ではないでしょう」

柏木はペンを走らせつつも、ふと自分の人生を振り返る。

故郷に居たたまれなくなり、夜逃げ同然で東京に出てきた。群馬の片田舎で生まれたことが出発点なら、おれの経由点はどこにあったんだろう？

ふと思い至り、笑った。

考えてみれば、おれは自分の人生の着地点など一度も考えたことがない。ずっと食うためだけに生きてきた。徹頭徹尾行き当たりばったりだ。着地点も考えたことがなければ理想もない。その途上にある経由点が存在しないのは当たり前だ。

――おれの人生、いったいなんなのだろう。

大西の話は続いている。柏木は慌てて集中し直す。

「遠い将来に対して自分なりにイメージを作ることが、まずは大事なのではないかと考えます。さらに言えば、その立場を手に入れた瞬間の自分を想像することより、その立場を手に入れたあとで実際にどういう生活を送っていきたいか、そのことを考える方がさらに大切でしょう。例えば、自分は田舎暮らしをしてゆったりとした生活を送りたい、そう漠然とイメージの中で思ったとしますね。でもそれは、牧歌的なステレオタイプの理想像だけに乗っかってはいけないでしょう。その生活を送るのはイメージの中にいる誰かではなく、実際のあなたなのですから。具体的にはどういう生活パターンを送りたいのか、人にはあまり会いたくないのか、収入はどれぐらいあれば満足なのか、どういう仕事に就けば自分なりにある程度納得できるのか、そういう具体的な事例を煮詰めて想像することが必要ですね。そして、事例の上に積み上げた仮の生活に満足できるのかを、さらに想像してみます。それでもし満足のようなら、実際にその暮らしを続けることが当座の着地点になるでしょう」

「もちろん実際に暮らし始めてみれば、以前の想像と違う思わぬ出来事は多々起きてきます。ですが、最初にそこまで想像していれば、着地点自体ががらりと変わることはありません。あっても軌道修正ほどのものでしょう。その生活を続けるために頑張ることは、できますね」

柏木は思う。おれが今からなりたい自分……少なくともヤクザ以外。あんな切った張ったの世界はもう二度とゴメンだ。

しかし、どうだろう。おれがなりたいもの。まったくイメージが浮かばない。これからはごく普通のありふれた生活を送りたいと、なんとなく考えているだけだ。誰かに脅(おび)えることもなく、誰かに寝首を掻かれることもなしに、安心して日々を過ごせる生活。

が、この彼女によると、それは単なるイメージの世界でしかないようだ。たぶんその通りなんだろう。新聞にも書いてあった。中高年のサラリーマンの自殺率がまた高くなってきていると。一見ごく普通の会社に見えても、その世界の中に入れば激烈な生存競争はあるだろうし、リアルな苦しみもある。組織人として寝首を掻かれることもあるかもしれない。うん……。

どうも今日の講義は、つい自分の場合に置き換えがちで集中できない。

大西の話はさらに続いている。

「もう一度繰り返します。これから生きていく中で、着地点と経由点を勘違いしないように注意してください。言い換えれば『目的と手段』とも言えます。最初の彼女の話に戻りますが、作家になることは手段です。その立場を手に入れた上で、何をどう書くか、その仕事に自分なりに意味を見出せるか、楽しく出来るのか、などが最終的な生き方の目的になるでしょう。決して作家になることが目的ではありませんね」

そこまで一気に言い終わると、口をつぐみ周囲を見回した。

「では今から、ここまで私が話してきたことに疑問点や分かりにくかった点などがあれば、ご質問をお受けいたします。ご質問のある方は、挙手をお願いいたします」

柏木はつい周囲を見回した。二、三の腕が早くも挙がっている。……少し迷い、自らも手を挙げた。気合だ。恥ずかしいなんて思っている場合じゃない――。

午後一時半には、ホテルの前に大型バスが来た。

小泉の指示に従い、受講者が次々と乗り込んでいく。そのバスの昇降口にはよく日焼けした男が立っており、太郎たちに挨拶をする。

「こんにちは」

こんにちは、と太郎も返事をし、バスに乗り込む。

空いた席の奥に座ると、すぐ後ろから来ていた相部屋の中年男が軽く会釈をして横に座った。

「これから六時まで島内観光だね」

そう、敢えて口にしなくても分かりきっている言葉を吐く。

ええ、と太郎は言葉少なに答えた。昨日の夕方、ウェザーステーションから帰ってくると、男は部屋の中で案内書に眼を通していた。

しばらくして晩御飯に誘われた。太郎はうなずいた。一緒に大村地区の飲食店街にまで足を伸ばし、そば定食の店に入った。太郎は茶屋御膳という定食セット、相手はおふく御膳という定食セットに生ビールを頼んだ。

食事を待っている間と、食事を食べている間、太郎と男はぽつぽつと会話を続けた。相手はこの小笠原についてからのことと、一日目の講義に関する話題に終始した。

曰く、

「やっぱりここは南国だね。暑い」

「ああいう講義だったとは思わなかった。少し驚いたよ」

「レポートをどういうふうに書けばいいか分からずに、かなり手間取った」

そんな感じの内容だ。

相槌を打ちながらも太郎はやがて気づいた。この男、会話のための会話をしている……それら事実に対して自分がどう思ったのかの詳しい感想は、決して具体的には言わない。太郎にも感想を求めてこない。言いっぱなしだ。

何故だろうと思う。

しばらくして分かった。

たぶんこの相手は、自分の内面は一切話したくない。だから内面を知られる手がかりになるような意見も口にしない。太郎に意見を求めれば、当然それに答えることにもなる……。

柏木の隣席からさっそく声が聞こえた。白髪交じりの小柄な男。見覚えがある。たしかあの太った女と一緒のグループだった。小泉たち事務局スタッフの呼びかけにもよく反応している。

谷繁はふたたび微笑む。

「この島はイルカやホエールウォッチングの名所としても有名ですね。ただし、鯨(くじら)はそこら中にいつもいるわけではありません。ですから、観光船業者のスタッフが展望台にいて鯨のいる場所を見つけ、無線で知らせるのです。海の上は携帯も通じないですからね」

太郎は感じる。人口二千五百人の島。たぶん住民たちはみな、口を利いたことがない相手でも、お互いに見知った他人だ。同じ観光業者なら既に知り合いの可能性も高い。だから谷繁は、展望台にいる業者の前では今のような解説はしにくいだろう。

しばらくしてバスは昨日訪れた三日月山中腹の平地に到着した。

先に降りた受講生に続き、太郎も展望台へと進んでいく。

展望台の下には、真っ黒に日焼けしたタンクトップ姿の若い女性がいた。板張りの床の上に横座りになり、谷繁の言っていた通り、左手に無線を持ったまま双眼鏡を覗き込んでいる。そういえばこの人は昨日もここに居たな、と思う。ちょうど太郎がやって来たのと入れ違いに帰っていった。太郎を一瞥(いちべつ)しただけで、そのまま原付に乗り込んで坂を下っていった。

ウッドデッキの先のテラスまで進み、海を眺める。

今は凪(なぎ)のようだ。湖面のように静かな海が視界の限り続いている。

たしかに谷繁の言うとおり、昼間のこの場所もいい。

屋根の下を振り返ると、柏木が小泉と何か話をしていた。

……ふうん。

ふと午前中の授業を思い出す。大西という女性講師が質問を受け付け始めたとき、目の前の柏木が挙手したのには少しびっくりした。この男は間違ってもそういうタイプではないと思っていた。たぶん小学生のときも、先生の質問には絶対に手を挙げなかったタイプ……。

三人目の質問で、大西は柏木を指名した。

柏木は大真面目(まじめ)にこう質問した。

「たしかに将来的にどうありたいかという目標を持つのは大事だと思います。ですが自分が将来どうなりたいかさっぱり想像出来ない人間は、どうすればいいのでしょうか？」

大西はややあって、こう口を開いた。

「ではお伺いしますが、あなたは子どもの頃、何になりたかったのでしょう？」

これに対する柏木の答えは一瞬遅れた。

「長距離のトラック運転手です」

「今ではもう違いますか？」

「はい」と柏木は言った。「今のトラッカーはどこの会社も、給料的にもそれ以外の労働条件的にもかなり厳しい状況のようですし、なろうとは思いません」

へえ、と太郎はさらに意外だった。たぶんこの男は新聞やニュースをよく見ている。

しかし大西は黙って柏木を見たまま口を開かなかった。やがてその沈黙に耐えかねたらしく、柏木がふたたび言葉を続けた。

「それに大人になってからは、好奇心からどこか遠くに行ってみたいとは思わなくなりました。それが一番の理由かも知れません」

ここで大西は初めて微笑んだ。

「そう。それがあなたの本当の理由です。労働条件ではないですよね」さらにこう言葉を続けた。「では、今のあなたの好きなことはなんですか。趣味のようなものはなんでしょう？」

これに対する答えは、先ほどよりもさらに遅れた。

「……読書です」

柏木はついに、観念し切ったような声で低く答えた。

この男に読書。太郎は思わず笑い出したくなった。しかし大西は真面目な顔でうなずいた。

「どんなジャンルでしょう？」

「主にドキュメンタリー物が好きです。政治や経済モノ、歴史モノも好きです。先ほどの話ではないですが、小説も読みます。司馬遼太郎が一番好きです」

大西はもう一度うなずいた。

「では時間のあるときに、何故自分がそのジャンルを好きなのかをじっくりと考えてみてください。その理由の中から、将来の自分のやりたい方面の答えが見つかったりするものですよ」

「……分かりました」

柏木はまだ吹き抜けの屋根の下で、小泉と何かを喋っている。

読書好きのヤクザ者……。

柏木が小泉と話し終わったところへ、テラスの向こうからあの初老の男が近寄ってきた。先ほどのバスの中でも自分の隣に座ってきたこの男……昨日のバスでは逆に隣に座らせてもらった。

午前中のセミナーのときに、ふと気になってその席を確認した。五番テーブルの窓側後方の位置。あとで案内書を見ると、竹崎貞徳と氏名が載っていた。

「やあ。なかなかいい眺めですな」

歩み寄ってきた竹崎はいかにも気楽そうに口を開いた。

柏木は思わず失笑する。この男もそれなりに人生経験を積んできているだろう。だから、おれのこの見てくれや素振りから、おれの前歴がどういうものであったのかはなんとなく感じているはずだ。事実、まだセミナー二日目とはいうものの、受講者同士で親しくなっている者もちらほらと目に付くが、おれに進んで話しかけてくる人間は、この竹崎を除けば、朝のうらなりの一回以外は今のところ皆無だ。

左右を見回す。この竹崎以外、近くには誰もいない。竹崎はまだ目の前でニコニコして突っ立っている。

……もう、この男の前で仮面を被(かぶ)るのは止めだ。

おもむろに柏木は口を開いた。その口調も今までと変えた。

「親父さんさ、あんただっておれが前はどういう種類の人種だったのかは、なんとなく分かっているだろ」

竹崎の笑みが深くなった。そしてうなずいた。

「確かに」

柏木はふたたび失笑する。

「なら、なんでおれなんぞに声をかけてくるんだ。あんたの話し相手に喜んでなりそうな人間は、ここにはいくらでもいるぞ」

「だろうね」

と、言葉少なにまた深々とうなずく。その平然とした態度。いつの間にか「です」「ます」の言葉尻も消えている。

こいつ……ふと疑問が芽生える。

「あんた、ひょっとして堅気の人間じゃないのか？」

まさか、と竹崎は破顔した。「三十年以上バイクメーカーに勤めてきた。今はしがない定年退職者だ」

「なら、なんでおれに声をかけてくる？」

吹き抜けの屋根の下を、断崖からせり上がってきた暖かい潮風が通り抜けて行く。

「──理由ね」と、ややあって竹崎は首をかしげた。「ま、蓼食う虫も好き好きってところかな」

うっ──。

自分のことを言われながらも、思わず噴き出しそうになった。面と向かってこんなことを口にする。しかも「ま、」などというどうでもいい枕詞付きだ。こいつは本当に失礼なジジイだ。

が、この場合、笑ったほうの負けだった。

「おれの名前、あんたもう知ってんのか？」

気がつけばそう聞いていた。

「柏木真二」相手は答えた。「さっきあんた、趣味は読書って答えたろ」

「ああ」

「やっぱり面白い人だと思って昼に案内書を見た。それで知った」

ふん、と鼻先で笑った。

「おれもそうだよ、さっき見た。竹崎さん」

相手はまた微笑んだ。

「お互い中間試験に受かったら、母島で晩飯でもどうよ」

柏木も苦笑してうなずいた。

三日月山展望台の次に、由香たちはバスに乗り込み、同じ山麓伝いにある大根山墓地公園というところに連れて行かれた。

この大根山墓地公園は、大村地区と二見湾を一望できる高台の上にある。

最近出来た霊園のようで、整然と区画割りされた敷地には真新しい墓石が並んでいる。敷地の端にガラス張りの休憩所があり、周囲に植樹されたハイビスカスの花が建物に彩りを添えている。

その手前の空き地……土の中に半ば埋もれるようにして、ずんぐりとした構造物があった。煉瓦とコンクリートで出来た丸い構造物だ。高さが一メートルほどで、直径が三メートルほど。恐ろしく古く、表面が半ば風化しかかっている。ガイドの谷繁が、その横まで歩んでいく。

「ではみなさん、こちらにお集まりください」

由香をはじめとした受講者があらかた集まり終えると、谷繁はおもむろに口を開いた。

「この霊園が今のように整備されたのは、平成六年です。太平洋戦争当時、この父島の住民は全員本土に強制疎開させられましたが、その疎開五十周年を記念した行事として整備されました。ちなみにここにある丸い構造物は、トーチカと言います。トーチカとは元々ロシア語で、鉄筋コンクリート製の防御陣地のことです。今は内部は空洞ですが、戦時中には、戦闘機を撃ち落とすための対空砲や機関銃が備えられていました。ちなみにこの大根山には旧日本陸軍の歩兵部隊一個中隊が配置されていたようです」さらに言葉を続ける。

「先ほどの三日月山の坂道の途中でも、旧日本軍の弾薬庫跡を見ましたね。ああいう場所が小笠原諸島全体には無数にあります。このように南国ムードがいっぱいのこの島も、六十年ほど前にはそんな歴史も持っていた場所なんだということを記憶に留めて頂けたらと存じます」

説明が終わったあと、受講者たちは順々にトーチカの中に入ってみた。もちろん由香も、その狭い入り口をくぐり抜けて内部を見た。煉瓦に囲まれた土の土間があり、銃窓が東の大村地区に向けてぽっかりと空いていた。

ここに隠れたまま、アメリカ軍がやって来るのを待ち構えていた兵隊たち……。いったいどんな気持ちで機関銃を握り締めていたんだろう。

数百メートルほど尾根伝いの村道を進んだところに、狭い芝の窪地があり、その中に墓石が雑然と並んでいた。

旧墓地です、と谷繁は説明した。そして窪地に向けてなだらかな土の坂道を下っていった。日本聖公会、天理教、浄土真宗など様々な宗派の墓石を抜けていく。

谷繁は、白い欧米風の墓石の前で立ち止まった。

「サミュエル・ハワードという方のお墓です。彼はその一族と共に、一八三〇年にこの島に移住してきました。当時の太平洋上はアメリカの捕鯨（ほげい）が非常に盛んで、その中継地としての発展を見込んで、この父島に移住してきたようです。ニュージャージー州出身の一族でした。ちなみにこのハワード一族とほぼ同時期に入植してきた一家には、他にセバーグ一家やサランドン一家などもあり、また彼らに付き従ってきたハワイからのポリネシア系入植者も含めると、総勢四十人ほどになったそうです。つまり、明治維新以前のこの島には、欧米系およびポリネシア系住民しか住んでいなかったということになりますね。では、そんな島がどうしてアメリカを差し置いて、本土から千キロも離れている日本領になったかということを、今から簡単に説明します」

そこで谷繁は、由香たち受講者をもう一度見回した。

ふうん、と由香は思う。一見のんびりとした観光に見えるが、たぶんこれは通常の島内観光ではない。この谷繁も、運営事務局からの方針で、このような説明をしているのだと改めて感じる。

「もともとこの島を最初に正式に発見したのは、江戸幕府でした。一六七五年のことです。本土に帰還した漂流者からの証言を元に、探検船を出したのです。下田から八丈島を経由し、そこから二十日間の航海だったそうです。探検隊は島に上陸したあと地形を調査して地図を作り、経度を測ってこの父島の位置を明らかにし、その上で日本領土としました。これら一連の作業は国際法上も有効で、ですからその後長い間無人島として放置されていたにも関わらず、幕末から明治維新にかけて諸外国は割にすんなりと日本の主張を受け入れたそうです。ただ、アメリカ国籍を持つ住民がすでにこの父島に住んでいたということもあり、アメリカ合衆国だけは日本の主張にやや難色を示しました。ですが、当時はヨーロッパの列強諸国が植民地争奪戦にしのぎを削っていた時代でもあります。それら他国との植民地バランスも考え、アメリカが日本の主張を呑まざるを得なかったという要素もあったようです」

谷繁の話はなおも続く。

「さて、正式に日本領土として世界に認められたあと、末期の江戸幕府及び新生明治政府は大急ぎで開拓民を募集し、この島に送り込みました。特に明治政府はそれら開拓民を手厚く保護しました。この父島に内務省小笠原出張所の庁舎を造り、当時のお金で八十円という移住金を一家ごとに給付すると共に、貸し長屋や家財道具までをも貸し与えるという厚遇ぶりでした。これら明治政府の開拓民施策もあり、明治十三年時点での人口は一一七戸三八〇人にまで膨らみました。うち外国人人口は一三戸六二人でしたが、これは実数を反映していません。というのも、この明治十三年時点で既に日本に帰化した外国人も居たからです。そして明治十五年までに、この小笠原に住んでいた外国人全員が帰化し、苗字も日本語ふうのものに改めました。例えばこのハワードさん一家は『羽和戸（はわど）』、セバーグさん一家は『瀬場（せば）』というようにです。こうして青い目の日本国民が、歴史上初めて誕生しました。ちなみに彼らの子孫の中には、今でもこの父島に住み続けている方もいらっしゃいます」

それで由香は思い出した。昨日の夕方。海岸通りまでペットボトルの水を買いに出かけたときだ。

スーパーマーケットの前に、ホットパンツを穿いた妙に腰高の女性がいた。胴体がかなり短く、リンゴ型の太った体型をしていた。年のころは五十代くらい。

一瞬この小笠原を観光で訪れた外国人かと思ったが、そうではなかった。スーパーから彼女と同年輩の日本人女性が出てきた途端、完璧（かんぺき）な日本語でベラベラと喋り出した……。

バスは大村地区まで戻ってくると、二見湾に沿うようにして海岸通りを東に進んでいった。

中心部を抜け始めたところで右手に埠頭が見えてきた。おがさわら丸が着岸している桟橋に隣接している。クルマ一台停まっていないその広大な敷地の先に、ぽつんと灯台が建っている。

青灯台（あおとうだい）です、と谷繁が言った。

そのあとに続いた彼の言葉を、太郎はぼんやりと聞いていた。

谷繁によると、この灯台はいわゆる『臨時島民』たちのたまり場になっているという。ちなみに、返還以降にこの島に新たに移住した島民たちのことを『新島民』といい、『臨時島民』とは島に住んでいても住民票のない島民たちの通称だそうだ。

かつては私もそうでした、と谷繁は苦笑した。

バイトをしながら暮らしている彼らには、当然のようにあまりお金が無い。だから昼間のヒマなときはこの青灯台まで歩いてきて、茣蓙（ござ）などを敷き、のんびりと日光浴をする。そして飲食店のバイトが終わった夜半過ぎに、気が向けばバイト仲間と再びここに来る。岸壁に腰掛けて洋上の月を見たり、花火をやったり、缶ビールやポテトチップスをビニールシートの上に広げてささやかな酒盛りをしたりする。

南国ならではの夜の過ごし方だな、と太郎は思った。

「ちょうど私が住み始めた十年前などは、真っ黒に日焼けした金髪や茶髪のお姉さん方がよく日向ぼっこをしていました」谷繁はそう言って再び笑う。「彼女たちを目当てに、若い男性もよくここに来ていました。中には結婚するカップルもいました。今もそうらしいです。お金のかからない社交場ですね」

バスはちょうど桟橋の横を過ぎている。岸壁には太郎たちを乗せてきたおがさわら丸が白い横腹を見せたまま停泊している。明後日にこの船は、一次テストに不合格になった受講者を乗せて東京へと旅立つ。横に座っている相部屋の中年男……もちろん自分の可能性もある……。

やがてバスは二見湾の奥にある清瀬・奥村地区という住宅街を抜け、斜度のきつい坂道を登り始めた。登っていくにつれ、右手の車窓に二見湾とその湾を取り巻くようにして住宅街が見える。エメラルドグリーンに光っている海が、沖に行くにしたがって深い藍色に染まっていく。

長い坂道を登り終えたところからトンネルになった。ほぼ直線のトンネルはバスが入ったときから出口が小さく見えていた。

それにしても、と太郎は思う。二見湾を抜けてから一台も自動車とすれ違わない。考えてみれば、中心部の大村地区でも、そんなに多くの自動車は走っていない。やっぱり田舎なのだな、と感じる。

トンネルを抜けると再び景色が開けた。道路は断崖に沿って走っており、眼下には紺碧の海が広がっている。二見湾の色とはまた違う。

山肌を縫って走る緩いカーブを二つほど過ぎたところに、駐車場があった。バスはそこに進入して停まった。

「ここは境浦という地名の場所です」谷繁が口を開いた。「いったんバスを降りて、少し周辺を散策いたします」

バスの横に全員が降り立ったところで、谷繁に誘導されて道路の向こう側に渡った。

ガードレール越しの景色を見た途端、太郎はつい吐息を洩らした。

単純に、とても美しい景色だった。せりたった崖の下に弓なりの白い砂浜が一キロほど広がっている。その海岸を取り囲むようにしてガジュマルの木々が鬱蒼と生い茂っている。そして、半弧を描いた穏やかな浦の中心部に、巨大な沈船があった。

「濱江丸という輸送船の残骸です」谷繁は説明した。「太平洋戦争当時、この父島周辺の海域には軍艦と民間船を併せて二百隻近くが沈んだと言われていますが、今みなさんに見えている船も、その一つです。昭和十九年にここ境浦に漂着し、今よりもさらに沖合いで座礁していたのですが、昭和三十八年のチリ地震の津波で現在の場所まで運ばれてきました。今では魚の棲家になっています」

谷繁に促され、道路脇から境浦へと下っていく急な下り坂を降りていった。

コンクリート敷きの下り坂を七、八分ほど下っていくと崖の下の平地に出た。そこが先ほど見下ろした浜辺だった。穏やかな波が白い砂浜を洗っている。弓なりの浜の中央に吹き抜けの休憩所がある。その途中まで浜辺を歩いていった谷繁は急に足を止め、こちらを振り返った。

「私の右手奥のほうをご覧下さい」

その言葉に従って、谷繁の立っている場所から崖寄りの浜を見遣った。蔦の絡まった金属製の大きな筒状のものが、砂の中に半ば埋もれるようにして転がっている。

「グラマン機の十六気筒空冷エンジンです」谷繁は言った。「アメリカ海軍の戦闘機ですね。高射砲によって撃ち落とされ、この境浦に墜落しました。なお、この父島周辺で撃墜された元米軍パイロットの中には、第四十一代の合衆国大統領ジョージ・ハーバート・ウォーカー・ブッシュもいました」

へえ、と太郎は意味もなく感心した。

しばらく浜辺を散策したあと、ふたたび崖の上の駐車場に戻った。谷繁が言うには、ここからガードレール沿いに少し歩いた藪の中にも戦闘機の残骸があるという。

「もしご覧になりたい方がいらっしゃれば、そこまでご案内いたしますよ」

谷繁の呼びかけに十人ほどの受講者が希望した。もちろんその中には太郎もいた。ガードレール沿いに進んでいく集団の最後尾を付いていきながら、前方を見遣る。あの太った女もいた。柏木の姿も見える。そして、さきほどの展望台で柏木と話していた初老の男……。

集団はちょうど橋の上を渡っていた。風景を遮る木々がない。そのぶんだけ眼下にはくっきりと境浦の全貌が見えている。

でも、どうしてこんな本土から遠く離れた場所で、セミナーを開く気になったんだろう。しばらく進むとガードレールの途切れている場所があった。先頭の谷繁はその隙間から藪の斜面を降り始めた。小径、というにはあまりにも頼りない道らしき踏み跡を下っていく。

数分ほど松林の斜面を下り、左に折れ、崖の縁に至る小径を進んだところに、その残骸はあった。アルミ製の尾翼が、崖ぎりぎりに面した斜面に引っかかるようにして存在していた。

「発見されたのは平成八年でした」谷繁がつぶやくように口を開いた。「さっきの浜辺まで降りた道がありましたね。あの道を整備するために、土木作業員たちは浜に降りるのに最初はこちらの山道を造ったのです。その工事の最中に発見されました。たぶん浜辺にあったエンジンと同じ戦闘機のものです」

柏木が、いかにも興味津々といった様子で尾翼を覗き込んでいた。

午後三時。

鷲尾は部屋に籠もったまま、今日もレポートを読んでいる。午前中までは昨日提出されたレポートの残りを読み、午後からは今日の昼過ぎに提出された二回目のレポートを読んでいる。

『経由点と着地点』の講義自体は十一時に終わり、島内ガイダンスに出かけるまでの午後一時半までが提出期限だった。だからその二時間半で受講者たちはレポートを書き上げ、昼食も摂らなければいけなかった。

もちろん鷲尾たち主催者側が意図してそうしたのだ。昼食時間や部屋の往復を一時間とすれば、実質一時間半。初日のレポート作成猶予時間より、一時間ほど短縮されたことになる。社会人としての能力を見る場合、その仕事内容はもちろん大事だが、決められた時間内にタスクを確実にこなせるかも重要な基準だ。

午後に小泉から報告を受けた。レポートを早く書き上げた者は十二時前から食堂に来て昼食を食べていたが、遅い人間は一時過ぎになってようやく現れたのだという。

鷲尾は二回目のレポートを、初日とは逆に七番テーブルの提出分から読んでいっている。今は五番テーブルの最初の人間に差し掛かったところだ。

竹崎貞徳という男。

鷲尾より十歳ほど歳下の男性だ。履歴書にあったその経歴は、最初に読んだときから、かなりの部分まで記憶に焼きついた。特にその後半生の生き方が印象に残った。

今から約四十年前に都立大学を卒業後、国内最大手のバイクメーカーに就職。サラリーマン時代はずっと製造畑一筋だった。入社後十年目から海外への工場赴任が多くなり、タイやインドネシア、コロンビアやブラジルなどの現地工場長を歴任する。

……興味深かったのは、定年退職後の数年をコロンビアで過ごしていることだ。

鷲尾も元は自動車会社で社長を務めていた。メーカー業界の仕組みはよく分かっている。メーカーの工場長というものは、会社の浮沈を担う重要な生産工程部門のトップだ。地味な仕事だが、ある意味出世コースでもある。だからこの男がその気にさえなれば、ひょっとしたら取締役への道もあったろうし、子会社への出向の道ならば、当然いくらでもあったのではないか。

それなのに、この竹崎は定年になるとあっさり退職し、コロンビアでの暮らしを選んでいる。よほど現地での暮らしが気に入っていたものと見える。あるいは、順調にサラリーマン生活を送ってきたわりには、そういう出世などには頓着しないタイプなのか……。

レポートの質問内容は、初回と同じだ。

「本日の講義の内容を、あなたなりの分かりやすい例を挙げて、下記の欄に五百字以上、六百字以内でもう一度解説してみてください。その上で、あなたなりの感想を述べてください」

早速この男のレポートを読み込んでいく。

「私の出発点は、乗り物、特に単車が好きだったという一点に尽きます。幼い頃に私の父親がトライアンフというオートバイに乗っており、それが私の将来を決定付けました。ごく自然に将来はオートバイに携わる仕事がしたいと思うようになり、いつしか、できればオートバイメーカーで働きたいと希望するようになった次第です。そういう意味で、私の経由点と着地点はほぼライン的に繋がっていると言え、振り返ってみれば私の仕事人としての半生は、幸せなものだったと思います。そして幸せな者の常として、『自分とは何か？』『人生とは何か？』などという抽象概念をほとんど考えずに生きてきました。そんなことを思う必然は、私の人生のどこにもなかったからです。しかし、コロンビアという国に赴任していたときですが、かの国の人間は、そのほとんどが理想も夢もなく、ただ毎日を食べていくだけで精一杯の人たちばかりでした。それでも陽気に笑って暮らしている人間が多かったように感じておりました。今思うに、将来に希望が持てない人生であるなら、せめて日々を出来るだけ笑って楽しく暮らすことが、彼らの生きていく着地点だったのでしょう。つまり着地点とは、その距離を遠くに置けば人生の目標になり、近くに置けば、日々の心持ちになる……。そんなことを、本日は感じた次第です」

最後まで読み終わり、鷲尾は少し笑った。

読み返す必要はどこにもない。そしてこの竹崎に関する限り、何も言うことはない。全理解のファイルの中に入れた。

辛気臭い戦跡巡りが三箇所ほど続いた後、風光明媚なビーチ巡りが連続して三回続いた。

柏木たち受講者たちが最初に訪れたのは、境浦から海岸沿いに一キロ半ほど南下した扇浦という場所で、道路沿いにある長さ一キロほどのほぼ直線の海岸だった。

扇浦の浜辺にある小さな公園に、バスは停車した。道路を挟んだ公園の反対側には、比較的新しい造りのペンションやホテルが十軒ほど、そして道路をさらに百メートルほど南下した三叉路周辺には、民家や商店が固まって建ち並んでいた。

大村地区周辺を出てから初めて目にした集落らしい集落だ。

沖合いにはウィンドサーフィンのカラフルな帆が五本ほど潮風を受けて走り、浅瀬では、シュノーケリングをしていると思しきマスクとフィンが水面に散らばるようにして浮いている。岸辺には海水浴をしている家族連れが五組ほど、楽しげな声を上げている。北の沖に浮かぶ小島の手前には、カヤックも見えた。

ようは、と柏木は思う。いささか貧乏臭く小振りでもあるが、この父島のれっきとしたリゾート地なのだ。

谷繁がみんなに呼びかけた。

「ではここで、トイレ休憩を兼ねて三時半まで自由行動ということにしましょう」

柏木は腕時計を見遣る。十五分ほどの自由時間になる。受講者たちが次第に浜辺や公園に散らばっていく。

ふと気づくと、先ほどまで隣に立っていた竹崎の姿が見えない。左右を見渡す。浜辺の右手隅に見つけた。小柄なその背中が波打ち際に向かって、てくてくと歩いていっている。

竹崎は波打ち際まで進むと、立ち止まった。

……気づいた。

その竹崎の足跡をためらいがちに追うようにして、一人の女が背後から近づいていく。

あの太った三十路女（みそじおんな）。名前は知らないし、知りたいとも思わない。

やがて女は竹崎のやや斜め後方まで近寄ると立ち止まった。何か話しかけたらしく、竹崎が振り向く。そのまま二人は立ち話を始めた。

考えてみればあの二人、同じグループだったな、と思う。

二人はなおも何事かを話している。つい柏木は柄にもなく微笑んだ。六十過ぎのジジイと体脂肪率四十パーセントの女……べつだん羨ましくもなんともないカップルだが、それでも穏やかな渚（なぎさ）に佇む男女というのは、遠目にはそこそこ絵になって映るものだ。

思い出す……。

日本に舞い戻ってしばらくしてからのことだ。あることが気になり、柏木は豊島区役所に住民票の異動届を調べに行った。

日本を逐電する前に、マンションに囲っていた女。全財産の半分――八百万を手渡し、組の捜索が一段落するまでのしばらくの間は、絶対に住民票を異動するなと念押しして別れた。

窓口に行き調べてみると、別れたあの日からちょうど一年後、二ヶ月ほど前に住民票が異動していた。新住所は神奈川県川崎市になっていた。グランヴィラ川崎502……。

川崎……ね。

数日迷ったあと、電車に乗ってその住所に出向いた。

エントランスにはオートロック機能さえなかったものの、なかなか見栄えのする瀟洒（しょうしゃ）なマンションだった。敷地に入るとき、暮れゆく夕陽を受けてその外壁が赤く染まっていた。駅からも近く、目の前が開けていて陽当りもよい。たぶん家賃も二十万近くはするだろう……。その時点で、柏木にはなんとなく予感があった。エントランスの郵便受けには真新しい表札に彼女の苗字があった。そして、もう一つの見知らぬ苗字……しかし、あいつが同性と暮らす姿など想像もつかない。

エントランスからマンションの外に出て、五階を見上げた。ひとつ、ため息をついた。

502号室に明かりが灯っていた。金曜の夕刻の白い灯り。その時点で彼女がもう夜の仕事を辞めていることを知った。というか、今ではそんな勤めもせずに、こんなマンションで暮らせる身分なのだ。

あばよ。達者で暮らしてくれ――。

柏木はいつしか浜辺の護岸に立ち、一人でタバコをくゆらしていた。

先に見える渚。竹崎と太った女は、まだ立ち話をつづけている。

つい苦笑いを浮かべる。

おれはこれから先、どこに行くのだろう。

四日目の朝が来た。

今日で一次セミナーは終わりだ。午前中の講義は八時から始まり、九時半に終わる。その後、三回目の講義『認知』についてのレポート作成と、中間試験が同時にある。この部屋で引き続き行われる。レポートと答案の提出期限は正午までだ。

朝食後すぐに小泉が壇上に上がり、その詳しい手順を説明している。

「――というわけで、レポート用紙と試験用紙は同時に配布させていただきます。併せて正午までに提出していただければ結構です」

由香はつい目の前の竹崎を見る。竹崎が無言で微笑してくる。

昨日の島内観光のときだ。扇浦で竹崎に近づいていき、声をかけた。自分でも意識しないうちにそうしていた。

やっぱり海は、気持ちいいですね。

たしかそんな毒にも薬にもならないような呼びかけをしたように思う。

振り向いた竹崎は笑った。

田舎の穏やかな海は、どこもいいものですよ。

その後はセミナーの無難な感想を言い合ったあと、昨夜は、この父島での初めての夕食をどこで食べたかという話題になった。

竹崎は寿司屋に行ったと言い、由香は定食屋でしょうが焼き定食を食べたと語った。

「たしかに寿司屋も美味かったんですけど、決めるときはその横にあった炉辺焼き（ろばた）の店と散々迷いましたよ。けっこう美味そうな店構えをしてましたんでね」

由香もその店は見た記憶がある。飲食街の角にあった店だ。レトロな木造の外観が印象的な、やや小洒落た雰囲気だった。

ふと、明後日の朝にはこの男とも会わなくなるかも知れない、と思った。

私かこの男のいずれかが、この小笠原から去ることになるかも知れない。

「あのう……」気づいたときにはそう口走っていた。「明後日には、父島滞在はいったん終わりになりますよね？」

ええ、と竹崎は少し怪訝（けげん）そうな顔をする。さらに勇気を振り絞り、由香は言った。

「もし良かったら、明日の晩、その炉辺焼きの店で一緒にご飯でも食べませんか」

直後、激しく後悔した。

目の前の竹崎が、豆鉄砲でも食ったようなポカンとした表情を晒している。しまった――。ああ、なんて私は厚かましい。こんなデブ女に誘われたところでありがた迷惑に決まっているじゃないか……。

が、直後に相手は破顔した。

「や。まさかこの歳になって、女性から食事のお誘いを受けるとは思いませんでしたよ」

思わずホッとする。反面では、この男、以前は相当女性にもてたことがあるな、と感じた。今のセリフ。言い方がとても練れていた。

「では、喜んで」と、相手は付け足してきた。

……やはり物慣れている。

今そんな竹崎の顔が、テーブルを挟んだ目の前にある。竹崎が目元で笑いかけてくる。

「中間テストなんて、四十五年ぶりですわ」

なんとなく由香も笑みを返した。

八時になると同時に、奥のドアが開いた。三十後半に見える小柄な男が、足取りも軽く入ってきた。見えた。壇上に向かっていくその後ろ姿。頭頂部が禿げかかっている……。

「やあみなさん、おはようございます」男は壇上に上がるなりマイクに顔を寄せ、にこやかに笑う。「私は松下と言います。では、『認知』の授業を始めさせていただきますね」

言い終わるとホワイトボードに向かい、大きな字で『心持ち』と書いた。

今までの講師と同じく、この松下も名を名乗るやいなや、本題に入った。その講師陣の共通したやり方に、このセミナーの徹底した方針を感じる。

振り返った松下は、ふたたび口を開く。

「この講義での『認知』とは、簡単に言うとこのことですね」そう言って『心持ち』という言葉を、とんとんとペンの先で示す。「例えばみなさんが、受験した学校の合格発表を見に行ったとします。行きはもうドキドキですよね。その学校へと至る道には桜並木があり、満開になっていたとします。でも、緊張と不安で心穏やかでないみなさんは、周囲の景色なんかほとんど目に入っていない」

なんだか異常なほどに滑らかな口調だと由香は思う。講談師のようだ。

「さて、みなさんは板に貼り出された合格通知を見ました。合格した人は、その帰り道に桜並木を見ます。満開の桜が、まるで自分を祝福してくれているように感じます。一方、不合格だった人も、帰り道で桜並木を見ます。満開の桜からほろほろとこぼれ落ちてくる花びら……まるで景色全体が泣いているように見えます。同じものを見ているのに、その見る人の心持ちによっては、全然違って見える。これが、すなわちここでいう認知の違いです」

そこで言葉を区切り、水差しからコップに水を注いだ松下は、さも美味そうにごくごくと飲み干した。

「では、みなさんに少し質問をしてみます」

演台に視線を落とし、再び顔を上げる。

「えー、では五番テーブルの――」由香はぎくりとした。「――田中さん。あなたに質問です」

思わず胸を撫で下ろす。右斜めにいる田中。少し緊張した面持ちで、はい、とかすれた声を上げる。

「あなたは、人間と他の動物の決定的な違いはなんだと思いますか？」

しばらく黙り込んだあと、田中は答えた。

「たぶん、言葉を喋ることだと思います」

なるほど、と松下はうなずく。

「では三番テーブルの吉成さん、あなたはなんだと思いますか？」

束の間置いて、その受講者が答える。

「約束事に則って、社会生活を営めることではないでしょうか」

そうですか、と再び松下はうなずく。

「では次に、七番テーブルの駒沢さん、お願いします」

名指しされたのは、四十代後半と思しき中年女性だった。

「恋愛や友情といった感情を持つことではないかと思います」

ふむ、と松下は今度は小首を傾げた。でも否定の意味ではないらしい。

「全部、当たっていますね」宣言するように松下は言った。「では、それらの現象の根底にある、人間独自のものはなんでしょう?」

会場の誰も口を開かなかった。

たっぷり十五秒ほど受講生を見回したあとで、松下は口を開いた。

「たぶんですね、私が思うに自意識があるかないかだと思いますよ」そう、まるで友達にでも語りかけるように口を開いた。「心持ちとは、その本人が今見えている世界をどう捉えているかということですね。そして、その捉え方の大元にあるのは、どういう自意識の持ち主か……これに尽きると思います。そして自意識というものは、その人の現在置かれた、ないしは育ってきた社会的な立場の中で、言語意識と感情、気質によって育(はぐく)まれていく」

松下は言いながら、ボードに向き直った。『自意識』という単語を書いた。そして、先ほどの『心持ち』という文字と『∨』という記号で繋いだ。

自意識　∨　心持ち

という構図が出来上がった。

「……大昔、私の友人が二人、郷里から上京して来ました。二人とも東京タワーにはまだ上ったことがないというものですから、連れて行きました。展望台まで上って、一人はこう言いました。『さすが大都会やのう。高いビルがこんなようけあるわ。けど、遠くがよう見えん。光化学スモッグのせいかいね？』……もう片方はこう言いました。『東京ちゅうても、利口もんと馬鹿もんの比率は変わらんようやね』何故かと私が問うと、『看板や』と言って相手は笑いました。『馬鹿もんのためにある看板の割合が、ワシらの田舎と変わらん。ただ人が多いだけじゃろ』……前者の男は郷里で公務員をしています。環境課に勤めております。そして後者の男は銀行員をやっております。融資の窓口です。同じ景色を同時に見ても、現在置かれている立場によっては、これだけ感じ方が違うわけですね。生い立ちによっても、感じ方やモノの好悪（こうお）は違ってきます。分かりやすく言います。小柄で多弁な父親を持ち、その父親が大好きで育ってきた女性は、長じてもそういう類型の男性を好む傾向があります。次は逆です。母親が嫌いで育ってきた男性は、母親と似た顔カタチや性格の女性を、かなりの確率で敬遠します。こういうふうにして人の好悪は決まっていくものだと思いますが、ここでポイントなのは、世の中のほとんどの人が、そういう自分の認知が、実は経験や現状から影響されている価値基準だということにほとんど無自覚なことです。例えば、すごく好みの異性と親しくなったとします。しかしその相手を好む決定的な要因は、実は自分の中に内在するもので、必ずしも相手本来の魅力ばかりではないということに気づけば、意外と相手に対して冷静になれるものです」

そこで松下は、少し笑った。

「ま、もっともそこまで冷静になってしまえば、もうそれは無我夢中の恋愛ではなくなるでしょうから、意外とつまらない感情になってしまうかもしれませんがね。ただ、わたしがここで言いたかったことは、自分が何気なく志向していることや、拘っていることの多くが、実を言うと個人個人の自意識を通してみた世界の産物だと言うことです。逆にいえば、その自意識さえ変われば思考も拘りも、意外にあっさりと覆ってしまうということです」

ここで松下は水差しからふたたびコップに水を注ぎ、また美味しそうに飲み干した。

「まだ私が高校生の頃ですが、こんな出来事がありました。それがきっかけで、私は今の専門分野を勉強しようと決めました。あるクラスメイトが、ため息をつきながらこう言いました。『世の中はくだらん』『人間もくだらん』と。するとその脇にいた友人がニヤリと笑って、こう言い返しました。『そりゃおまえがくだらん人間じゃけ、周りがそう見えとるんじゃなかろうかいのお』……」

由香はふと思った。

この松下という男。ひょっとしたらこの男が、そう言われた本人なのかも知れない。

「もうみなさんにはお分かりですよね。今、あなたに見えている世界は、あなた自身なのです。あなたの映し鏡です。ある意味、それは釈尊(しゃくそん)の仏教本来の教えでもあり、そこからやがて派生してきた禅の精神でもある——。自意識とは、認知とはそういうものです」

九時半になり講義が終わると同時に、受講者全員に二つのプリントが配布された。むろん、太郎の前にもある。一つは本日の講義に関してのレポートで、求められている内容は過去二回とほぼ同じだった。もう一つのプリントは、三枚綴(つづ)りの試験用紙。太郎はまずその三枚をざっと捲(めく)ってみた。一枚につき五、六ほどの質問があり、それに対するすべての答えが三択ないし四択になっている。

こういう場合、事務的な要素の高いものから片付けるのが得策だということを太郎は知っている。まず試験用紙の解答に取り掛かった。

答案用紙の最初に、但し書きが書いてある。

『人生の答え、生き方の答えは、個人によって様々です。どの方法が正しい、ということはありません。しかしここでの解答は、今回の講義に則した考え方でご解答ください』

設問①

努力する者は必ず報われる。この諺（ことわざ）は正しいですか？
はい　いいえ　どちらかといえば正しい　どちらともいえない

迷わず『いいえ』に○を付ける。

設問②
成功とは、どういう要素で成り立っていますか？
本人の努力　それ以外の外的要因　本人の努力と外的要因

これも迷わず『本人の努力と外的要因』に○を付ける。

設問③
ここに天才肌のバッターと理論型のバッターが居たとします。もしあなたが凡人だとして、バッティングを上達させたいと思ったら、どちらにその上達法を聞いたほうがいいと思いますか？
天才型バッター　理論型のバッター　どちらとも言えない

簡単極まりない。『理論型のバッター』に○を付ける。

設問④

Aの意見「会社を作って、その社長になることが私の夢です」

Bの意見「会社を作り、その会社を育てていくことが私の夢です」

あなたはこのAとBで、どちらの会社がより成功すると思いますか？

A　　B　　どちらともいえない

二日目の講義の確認チェックに入ってきた。『B』に○を付ける。

しかし、と太郎はふと疑問に思う。こんな簡単な設問ばかりで、果たして中間試験の意味をなすのだろうか。

設問⑤

昔、好き合っているウサギがいました。男と女のウサギです。女ウサギは、男ウサギの陽気さや優しさが大好きでした。

しかしある日、洪水が来て二人の住まいの間には大きな川が出来てしまいました。互いに大声を出せば言葉は聞きとれるほどの距離ですが、川にはワニがうじゃうじゃいて、泳いで渡ることは出来ません。男ウサギは言いました。

「待っててね。一ヶ月後には必ず川を渡って行けるようにするから」

男ウサギは筏を作り始めました。しかし洪水のあとの材料不足で、なかなか木の材料が集まりません。やがて一ヶ月が経ち、二ヶ月が過ぎ、とうとう三ヶ月目になってしまいました。

待ちつづけることにしびれを切らした女ウサギは、川の中にいるワニの一匹に、陸から相談を持ちかけました。もし自分たちが川を渡り始めたら食べてしまおうと待ち構えているワニにです。

「どうか私をその背中に乗せて、あちら側に運んでくれませんか？」

するとニヤッと笑い、そのワニは答えました。

「じゃあ、あんたのその美味しそうな尻尾を食べさせてくれたら、運んであげるよ。ホントは丸ごと食べたいけど、尻尾だけで我慢してあげよう」

あまりにも残酷な申し出です。でも女ウサギは散々悩んだ末、その条件を呑みました。ワニに尻尾に齧りつかれた直後、あまりの痛みと恐怖に失神してしまいました。

しばらくして気がつくと、ワニの背中に乗せられて対岸に着く直前でした。女ウサギを陸に降ろし終えると、ワニは何も言わずに去っていきました。尻尾こそ失ったものの、女ウサギは男ウサギにとうとう会えたことに大満足でした。もちろん男ウサギも大喜びでした。

「これからは必ず君を幸せにするよ」と、約束してくれました。めでたしめでたしです。

さて、質問です。

百人の会社社長に「あなたはどの動物と仕事の取引をしたいですか？」とアンケートした結果、もっとも多く選ばれたのはどの動物でしょう？

男ウサギ　女ウサギ　ワニ

逆に「もっとも取引したくない」との回答が多かったのは、どの動物ですか？

男ウサギ　女ウサギ　ワニ

太郎は考え込んでしまった。この寓話と質問は何を意味するのだろう。

……しばらく考えて分かった。自分はまだ社会人になったことはないが、社会人として一番大事なのは、約束事をちゃんと守るということだろう。そして社会人の立場で最も責任が重いのは、社長と言われる立場にある人たちだ。彼らは取引先と友達として付き合うのではない。接待をしたりされたりして仲良くなるのも、あくまで信頼関係を築くための手段だ。

信頼できる動物は、この三匹のうちどれか？

男ウサギは、「一ヶ月後には必ず川を渡って行けるようにするから」と言いながら、その約束を果たしていない。悪意はないのだろうがヨミが甘い。しかも自分に会うために尻尾までなくした女ウサギに「必ず君を幸せにするよ」などと、また安易に約束している。いくらいい奴でも、現状ではこいつが一番信用できない。

女ウサギは、約束したことを履行するかどうかは証明されていない。信用できるかどうかはこれだけの話では分からない。

ワニ……。残酷な奴だが、女ウサギが気を失っている間に食べようと思えば丸ごと食べてしまうことも出来た。しかし彼は約束を守った。

太郎は最初の質問には『ワニ』と答え、次の質問には『男ウサギ』と答えた。

設問⑥

あなたの前に、山の頂へと至る道が二つあります。

一つは急な砂の斜面を頂に向かってほぼまっすぐに登っていく道です。距離は近いですが、途中で足を滑らせて麓（ふもと）まで転げ落ちる可能性もあります。

もう一つは、山襞（やまひだ）をぐるぐると縫うようにして登っていく階段です。距離はありますが、万が一足を踏み外しても数段下からやり直すことが出来ます。

あなたなら、どちらの道を選びますか？

砂の斜面　　階段　　どちらでもいい

これは一日目の講義の内容でもあり、設問③の変形だ。『階段』に○をつける。

設問⑦

あなたはミュージシャンの卵です。まだデビューしていませんが、プロになって活躍し続けることを夢見ています。新人発掘オーディションに応募するための楽曲と歌詞が出来上がりました。オーディションは半年に一度ほどの割合で定期的に開かれています。

あなたなら、次のどの行動を取りますか？

A　行動は早いほうがいいので、一番近いオーディションにすぐに応募する。

B　数多くの友人たちに音楽を聴いてもらい、それらの意見を参考にした上で作り直す部分があれば徹底的に作り直して応募する。

C　自分で何度も聴き直し、さらに納得のいく出来になれば応募する。

初日の講義内容の確認だ。『確率』を問題にしている。たぶん成功の確率を上げるための行動。オーディションに応募することが目的ではない。その考えに沿っていけば、Aが論外なのはすぐに分かる。問題は、BとCだ。どちらを選べばいいのだろう。

……太郎はふと気づいた。

この設問は二日目の講義内容との複合体だ。目的と方法論の違い。

プロになって活躍し続けることを夢見ているミュージシャン。彼にとって自分なりに納得できる歌を仕上げることはもちろん大事だろうが、それはあくまでも彼個人の納得の問題としてだ。ある意味アマチュアの気持ちとしての部分だろう。でも、太郎が思うに、プロとは広く市場に受け入れられて初めてやっていけるものだと感じる。数多くの人間が好んでくれて、そのミュージシャンのＣＤを買ってくれて、ないしはダウンロードしてくれて、それでプロとして成り立つ。

だからプロになって活躍し続けることを最終的に目指すのであれば、自分自身が百パーセント満足のいく出来栄えにすることも大事だが、それ以上に大衆に受け入れられる曲作りを目指さなくてはならない。いくら完成度が高くても、Ｃの方法をとった場合、単なる独りよがりの曲になってしまう可能性もあるし、審査員に玄人受けするだけの曲ではどうしようもない。逆にそんな曲なら、審査員も個人的には気に入っても最終的には採用しないだろう。

もう一度考えてみる。

この答えで間違いはなさそうだった。Ｂに◯を付けた。

設問⑧

ここに、二人の人間がいます。AさんとBさんという親友同士です。

Aさんはいろいろな事業で成功して裕福な暮らしをしており、家庭内の人間関係も満足のいくものです。

一方Bさんは十年前に事業に失敗し、それが元で家族とも離散してしまいましたが、今ではとりあえずは食べるに困らない生活を送っています。

ある日、AさんとBさんは久しぶりに飲みました。

「今おれは満足の行く生活だよ」Aさんは言いました。「毎日が楽しい。おまえはどうだ？」

少し考えてBさんは答えました。

「おれもまあ、そうかな。金もそんなにないし、相変わらずの独り身だけどね」

「現状に満足だってことか」

Bさんはうなずきました。

「そうだ。おれは周りのみんなに感謝して生きている。最近になって分かった。おれはみんなに助けられてずっと生きてきたように思う。だから感謝している」

さて、質問です。

AさんとBさんの内面で、今後の状況が変わっても、より変化しない心持ちは、どちらのほうだと思いますか。

Aさん　　Bさん　　どちらとも言えない

自意識の問題だ、と太郎は思う。講義によれば、人間の自意識は現状からくる精神状態と、過去からの体験蓄積で形成されている。

Aの満足度合いの比重が、現状から来るものが大きいのか、それとも過去の蓄積からくるものが大きいのかは、この会話のみでは分からない。でもBは、過去からの体験蓄積による現実認識で今の世界を見て、はっきりと満足だと答えている。

端的に言えば、金持ちと貧乏人が「今おれは満足だ」と同時に言っている。どちらが、現状が変わっても同じセリフを言える可能性が高いかということだ。

たぶんBのほうが今後の状況が変わっても、その世界観は揺らがない。

『Bさん』に○を付け、時計を見る。

十時十分……始めてから四十分経過しているが、問題はまだ半分以上残っている。最初の予想とは裏腹に意外に時間がかかっている。このペースだと十時半は過ぎる。でも正午までに今日のレポートも提出しなければいけない。急がなければ。

中間試験が終わった。

柏木は特にやることも思いつかず、しばらくは部屋に戻ってぼうっとしていた。

受講者は今日の午後から明日の早朝六時の合格発表まで、各自自由行動となっている。たぶん事務局は今ごろ試験の採点をしていて、それから明日以降の合格者を決める審議に入る。

柏木はベッドに寝転がったまま、大きなため息をつく。

つまり、おれたちは明日の早朝までヘビの生殺し状態だと言うわけだ……クサクサする。

二時近くまでそのまま寝転がっていたが、結局はバッグを片手にホテルを出た。何か気晴らしをしようと思った。海岸通りを中心部に向かってぶらぶらと歩いていく。

今日も快晴だ。ガジュマルや棕櫚を抜けて浜から吹いてくる潮風が気持ちいい。

飲食店の並びを数軒過ぎたところでタクシー会社が目に付いた。前の舗道にあるレンタバイクの看板。

『原付バイク　一日二千円。六時間千円』とあった。

少し迷ったが、気晴らしにはちょうどいい。タクシーと原チャリの並んでいる屋根付きの駐車場を抜けて、奥のプレハブ事務所に入っていった。

「ちわー」

そうつぶやきながら、サッシの引き戸を開けた。冷房はあまり効いていない。受付に座っていた女性が顔を上げた。

お。

この女にうっすらと見覚えがある。タンクトップの肩口から二の腕、手首まで真っ黒に日焼けしている若い女。昨日、あの三日月山展望台にいた。

「なにか？」

女はにこりともせず、柏木に向かってそう問いかけてきた。そしてふたたびテーブルの上に視線を落とし、書類を捲る。

そのそっけなさ。以前のサービス業――水商売の経験からややむっとする。

なにか？　じゃねーだろ。まずはいらっしゃいませ、だろ。このクソボケ女。

このアマは基本がなってねえ。おれが仕切っている店のホステスだったらギチギチにしばいてやるところだ。

負けずに柏木もぞんざいに答える。

「バイクを借りたいんだけど」

「一日ですか。それとも半日？」

間髪を入れず女が聞いてくる。

「半日」

さらに柏木も単語だけで返す。

「分かりました」

が、そう答えたあとの女の対応は、意外に素早かった。女は柏木から千円札と免許証を受け取ると、手際よく事務手続きを済ませた。むろんその間も無言だった。

手続きを終えたあと、女と一緒に敷地へと出た。

「どのバイクがいいですか？」

十台ほど原チャリの並ぶ駐車場の前で立ち止まり、女は柏木を振りかえった。

「なるべく新しいやつがいい」

答えつつも、ちらりと敷地の隅に目を走らせた。ブロック塀にウィンドサーフィンのカラフルなセイルが何枚も立てかけてある。その横にはカヤックも置かれている。たぶんこのタクシー屋は、バイクの他にマリンスポーツ関係の道具の貸し出しもしている。

柏木は口を開いた。

「ひょっとしてこの会社、クジラを見るためのクルーザーも持っているのか？」

女は奥の原チャリを引き摺り出して来ながら、うなずいた。

「港に二十人乗りの観光用クルーザーがあります。予約もここでできます」

なるほど。柏木は一人納得する。だからこの女は、昨日あの場所で双眼鏡を覗き込んでいた。谷繁の言うところの臨時島民。南の島に憧れ、バイトをしながら住み着いたままではいいが、たぶん労働条件も住環境もそんなに良くない。だから次第に生活に疲れ、ここまで無愛想女に成り下がったのだろう。あるいは元々が愛嬌のない性格なのかもしれないが。

女が柏木の前まで引っ張ってきた原チャリはたしかに真新しいものだった。50ccの小さなスクーター。いかにも乙女チックなカウルの外観と、ライムグリーンの車体色が気に入らないといえば気に入らないが、ま、千円のレンタル料では贅沢も言えまい。

「返すときはガソリンを満タンにお願いします。入れる場所は、この海岸通りの西のとっつきに――」と、やや右手を上げて通りを示した。「自衛隊の駐屯地があります。その手前のスタンドで入れてください。スタンドは八時までは営業しています。ちなみにここは九時までです」

「分かった」

うなずきながらもふと思った。この女、色は黒いが綺麗なカタチの二の腕をしている。

女はシートの下からヘルメットを取り出しながら、さらに口を開く。

「何か困ったことがありましたら、キーホルダーについているここの電話番号まで連絡をお願いします。ちなみにドコモなら、この島のどこでも通話圏内です」

「分かった」

女は最後までニコリともせずにうなずいた。

「では、お気をつけて」

言うなり踵を返し、プレハブの事務所まで戻り始めた。やはり無愛想この上ない。間違いなく友達が少ないタイプ。ま、おれだって人のことは言えないが。

柏木は一つため息をつき、お椀型のヘルメットを被った。バイクのミラーの中に、自分の顔が映っている。小さめのヘルメットから左右にはみ出ている。もともと顔はデカいほうだが、こうして見るとますます巨顔に見える……。まるで新聞配達か蕎麦屋のオヤジだ。やれやれ。

気を取り直し、バッグをハンドルの前の籠に放り入れた。キーを廻し、セルボタンを押す。しゅるしゅる、というセルモーターの回転する音に続き、50ccのエンジンがかかった。と、とと、とと、といういかにも頼りなさげなエンジン音。昔乗っていたメルセデスのS350とは大違いだ。考えてみれば缶コーヒーの四分の一の排気量しかないのだ。

が、まあいい。

スクーター――二輪に乗ることなど、高校一年のときに友達のバイクを貸してもらって以来だ。慎重に右手を捻り、アクセルを開けていく。じわりとスクーターが進み始めた。

柏木は多少よろけつつも両足をフロアに乗せた。ゆっくりと敷地を抜け、歩道を跨ぎ、海岸通りを西へと出た。昼下がりの大村地区。とっつきの信号まで前方を走っているクルマはない。直線のアスファルトが続いている。なんとなく気持ちが良くなる。アクセルをさらに開ける。

みーん、というかん高いエンジン音が足元から響き、むき出しの耳元にも風切り音が飛び込んでくる。たった時速三十キロ。それでも気分が高揚してくる。束の間でも、自分がすべてのものから解放されたかのような錯覚。

柏木は一人で笑った。

午後二時半――今日も鷲尾はレポートに眼を通している。

六時の夕食までに今日のレポートのすべてを読み終えなくてはいけない。三人のスタッフたちも今、中間試験の採点に追われている。これも六時までには終了する。

スタッフたちと一時間の食事を挟んだあとはそのまま会議となる。どの受講者を二次セミナーに進めるかの審議だ。むろん、試験の設問にすべて正解した受講者には無条件に母島に赴いてもらい、引き続き二次セミナーを受けてもらうことになっている。

しかし、今回の試験の結果のみで受講者の理解力を判断することが非常に危険だということは、鷲尾もよく分かっている。

設問作成者の洞察力を上回っている受講者、あるいはモノの見方、考え方、感受性が違う立ち位置にいる受講者は――いくら答案用紙の最初に『ここでの解答は、今回の講義に則した考え方でご解答ください』と書いてあっても――設問に違う解答を選ぶことも充分に考えられた。そしてその解答も、広い意味で間違いではない。本来なら、ヒトのモノの見方や考え方を三択ないしは四択の解答で判断すること自体が大間違いなのだ。

だが、わずか一晩で大まかな合格者を決めるためには、どう考えてもこの方法しかない。かと言って、優れた受講者をこの試験の結果だけで取りこぼすのはあまりにも理不尽だ。だから、基本的には八割以上の正解解答者については、彼らのこの三日間のレポートを判断した上で二次セミナーに進む人間を選ぶつもりでいた。逆に言えば、そのためのレポートだった。

今、鷲尾は二番テーブルの受講者のレポートに眼を通している。一人目のレポートを半理解のファイルに入れると、二人目のレポートに移った。

浅川太郎。

むろん鷲尾は誰か分かっている。十九歳の東大生だ。

この浅川に限らず、彼は名前を見るだけで、その人物の履歴をある程度まで諳んじることができる。受講者とはセミナー初日の一度しか会っていないが、彼らそれぞれへの印象は、むしろ日を追うごとに深まってきている。レポートを読むたびに、その行間に滲む受講者たちの人間性が、彼ら個人個人への印象を強くしているからだ。

そんなとき、鷲尾は手元にある受講者たちの個人ファイルを開き、その履歴を確認してみる。レポートの内容と照らし合わせてみる。すると彼らの内面の輪郭が、さらにくっきりと脳裏に立ち上がってくる。そういうつもりで書いたのかと思い到ることも多々あり、レポートへの理解も深まる。

浅川のレポートを手にしたまま微笑む。

立場上必要な確認作業とはいえ、こういう行為に人的興味への愉悦を密(ひそ)かに覚えている。確かに受講者の再人格形成のためにやっているセミナーではあるが、鷲尾自身にとっては、この愉悦があるために、毎年このセミナーを続けているとも言える。言わば、リアルな精神の観察者だ。大勢の第三者が次第に変わってゆく様子を、手に取るように感じることができる。人間に興味のある者として、これ以上楽しい立場があるだろうか。

実は、鷲尾には子どもがいない。夫婦の間に子どもは出来なかった。

それはそれで仕方がないことだとは思っていたが、どこかに満たされぬものを以前から感じていた。

行き着くところ、それは、自分という存在がこの世から無くなると同時に、その実質的な血の系譜は途絶えるということだ。むろん生物学的にはということであり、形而上の意味では、自分がこれまで存在してきたことで、影響を与えてきた周囲の人々や、やってきたビジネスを引き継いでいく人々の記憶の中で、多少なりとも生き続けるだろう、ということは自覚していた。

それが本来は、動物としてではなく、人として生まれてきた意味だろう、と。

大きく言えば、この世の中に、社会人として参加してきた人間の存在意味だろう、とも感じている。

理屈では分かっている。理屈では分かっているが、やはり六十代の半ばごろから一抹の淋しさを感じていた。

その頃から、第一線を退いたあとは、こういう人間啓発的なセミナーを立ち上げてみたいと思っていた。

この小笠原セミナーに参加してくる、ありとあらゆる雑多な人間……現状に苦しんでいる彼らに、ナマな場として自己変革の場を提供していきたい。そしてその彼らが、ここでのセミナーを経て、どういう人間に変わっていくか、どういう生き方に変化していくか……その変容の経緯を、その後の長い時間軸で見守っていきたい。

セミナー参加者が希望さえすれば、その後の再就職先まで斡旋していくというのも、その一環だった。

そして現時点でのセミナー参加者の現状と精神状態は、募集時に提出された応募動機、および各講義で提出されるレポート用紙を通して、ほぼ把握できている。

文字とは不思議なものだ。真摯（しんし）に書かれたものになるほど、ある意味、それぞれの人間と直接会話を交わすより、その当人の人格を如実に表す。

事象の捉え方、気質による言い回し、モノの考え方の癖、世間を見る感覚……ある意味、彼らと面と向かって短時間話すよりも、その内面が確実に焙（あぶ）り出される。

だからもう、このセミナー中は、彼らの前には敢えて顔を出さない。

そしてここにもまた、鷲尾の密かな悦しみがある。それは楽しみとは違い、敢えて『悦しみ』という文字だと自分では規定している。

やがて彼らには、来年三月に行うセミナー同窓会への招待状が届く。そしてその招待状は今年の年末に郵送する。

そのときに今よりも満足した状況に置かれていない者は、ほとんど出てこない。それは、過去の一次、二次セミナー参加者が証明している。

だが、二次セミナー参加者で参加しなかった人間は、幸いにもごく少数だった。

そのときに、改めて彼らと一対一で会う。その話を生で聞く。今度は文章でなく、その精神のありようを、リアルなものとして感じる。

ちなみにこの同窓会は、その後も参加者が五名以下にならない限り、一年おきに続けていく。第一回、第二回の同窓会がそうであるように。

だから彼らと話すのは、今ではない。

傲慢なことは百も承知だ。人間、誰かが誰かに対して全能の神になることなどあり得ないし、また、あってはならない。それでも鷲尾は思う。

それが、結果として彼らのためになれば、自分のこの密かな悦しみは、ある程度許されてもいいのではないか、と。

さて——。改めて紙面に視線を落とす。

レポートの質問内容は、毎回同じだ。

『本日の講義の内容を、あなたなりの分かりやすい例を挙げて、下記の欄に五百字以上、六百字以内でもう一度解説してみてください。その上で、あなたなりの感想を述べてください』

浅川太郎のレポートを一行目から読み始める。


「やや今日の講義内容から外れる部分があるかとは思いますが、以前、このような話を聞いたことがあります。『ある世界に対して興味のない人間は、その世界には存在しないも同じことだ』と。例えば福祉の話題を仲間内でしていたとして、その福祉の問題に関心も興味もない人間は、その話題にはついていけない。その時の仲間の中では、彼は事実としては存在しても、実存的には存在しないも同然の人間になってしまう。これが一時的なものならまだいいでしょうが、もし彼が大学生で、その大学生活に何の興味も意義も見出せなかった場合、彼はキャンパスでは存在しないも同然です。そして、それはとりもなおさず自分のことです。だから私はせっかく入った大学に行く気がしないのでしょう。しかしそれは周囲の環境のせいではありません。私の内部にある問題です。自意識の問題だと分かっています。だから、何らかの事象が目に飛び込んできても何も感じない。

　私は、大学生活に限らず、いまだかつて自分の周囲にある世界に激しい興味というものを覚えたことがありません。ですから大学へ行かなくても、遊び歩くということもなく、半ば引き籠もりのような生活を続けています。日常でも存在しないも同然の人間です。この現状をなんとかするためにも、やがては自分が興味を覚えられることを見つけていくことが出来ればと考えております。感想が昨日の講義と重複していること、お許しくださ い」


　……やはりこの若者は頭がいい。自分の中にある問題点がよく分かっている。

　そしてもう一つの特徴に気づく。この若者のレポートは、いつもほぼ六百字きっちりで終わる。滑らかな筆遣いでもある。最初から文字量を想定して、書く前から分量に合った内容を頭の中で完成させている。だからさらさらとペン先が進むし、紙面上に書き直した跡もほとんど見られない。事務作業能力にも相当に秀でている。

　が、今のままではまだ、ポテンシャルが高いままの卵に過ぎない。自分の能力を活かせる将来の方向性をまだ見つけていない。

　一面では、頭のいい人間によく見られる欠点だとも感じる。一瞬何かに関心を持っても、その先にあるものまである程度見通してしまう能力があるから、興味がそがれる。

　しかし人間は社会的動物である以上、この社会に参加して生きていくことが基本になる。

誰しもロビンソン・クルーソーではないのだ。それにロビンソン・クルーソーも船が助けにやってくると、喜んでその島を出た。人はたった一人では生きられないものだ。それが、この若者にはよく分かっている。だからこのままの自分ではいけないと、心の底では焦っている。

鷲尾は個人的には、二十歳前後の若者なら、まだまだ漫然と日々を過ごしてもいいのではないかと考えている。まだ人生は充分にあるのだから、その日常の中で焦らず急がず自分の生き方を模索していけばいい。

だが、この若者は根があまりにも真面目なようだ。だから自分の生きる意味や意義などという文学青年的なことを考えてしまう。そして、そう考えてしまうような感覚の持ち主である以上は、とことんそれを突き詰めて考えるしかない。

人間、気づかなければそれでいい。しかし日々の中で、ヒトを含む有機体がその生という側面において、基本的には無意味だと気づいてしまった人間は、気が済むまで自分を掘り下げていき、やがては自分なりの自己認識の結論を出すしかない。

鷲尾は少し考え、浅川のレポートを『全理解』のファイルに入れた。これでこの若者は、一次セミナーの全レポートが『全理解』になった。中間試験の結果もかなりいいものになるだろう。

次のレポートを手に取る。つい笑った。

名前。柏木真一とある。

うまく言えないが、この柏木という男のレポートはとても興味深い。彼の生きてきた人生とその感覚が、行間に濃厚に、そして存分に滲んでいる。文章は荒っぽいし結論も出たり出なかったりだが、とんでもない場所から自分自身が感じた喩え話を引っ張ってくる。そしてその感じたことが、当日の講義内容とズレているかというと、ほぼ正鵠を得ている。

鷲尾はまだ微笑みながら、レポートの一行目に眼を通し始めた。


昼食を食べ終わった後、相部屋の中年男性は、少し散歩に行ってくるから、と言い残し、部屋を出て行った。太郎は特にやりたいことも思いつかず、そのあとも小一時間ほどパラパラとガイドブックを捲っていた。無聊に窓の外を見た。雲がゆっくりと流れている。

このまま動かないと体もなまる。自分も外に出よう。

そう思った時点で、目的地はなんとなく決まっていた。昨日の島内ツアーで夕方遅くに立ち寄った場所。この大村地区の背後にある丘陵地帯を越えていくと、父島の反対側の海に出る。そこに宮之浜という海岸がある。

谷繁が言っていた。透明度が高い海岸としては、大村地区から最も近い場所です、と。

しかし昨日は残念なことに、太郎たち一行が着いたときには陽はすでに三日月山の背後に隠れ、浜辺の全景は若干セピアがかって見えていた。

もう一度ガイドブックを見る。宮之浜まではここから徒歩二十分と書いてある。三日月山展望台までの距離とあまり変わらない。

うん……そうだ。

昼下がりのあの展望台もなかなか良かったから、まずは展望台まで登って、そこ経由で宮之浜に行こう。そうすれば休憩も入れて二時間ほどの運動になるし、午後のいい暇(ひま)つぶしにもなる。

地図のより詳しい観光マップをデイパックの中に入れ、さっそく部屋を出た。鍵をフロントに預けると海岸通りへと出て西に歩き始めた。

三日月山展望台を経由して、三叉路にある『宮之浜入り口』のバス停に着いたのは三時過ぎだった。クルマの行き来のほとんどない村道を、大村地区を見下ろしながらゆっくりと登ってきた。村道、とは言っても、ちゃんと中央に白線のあるアスファルトの道だ。歩道もガードレールも整備されている。真新しい補修のあともけっこう目に付く。この小笠原には、特別行政区とかいう名目で、地方交付税交付金がたんまりと下りているのだろう。

ふう。

バス停の礎石に腰を下ろしたまま、太郎は額に滲んできた汗を手の甲で拭った。

人心地ついた後、デイパックの中から観光マップを取り出す。宮之浜まではこのバス停から北に伸びる道を徒歩十分、と書いてある。腰を上げ、北に向かう平坦な道をふたたび歩き始める。

道はゆっくりと下り坂になった。木々の梢が両側から頭上に覆いかぶさってくる。最初の緩やかな長い左カーブを下り終えると、かすかに潮の匂いがしてきた。次のカーブをさらに左手に回り込むと、右手の疎林の間から海が見え始めた。

そこから先は、道はほぼ直線だった。

木漏れ日の差すアスファルトのはるか遠くに、小さなロータリーが見える。道路はそこで途切れる。ロータリーの手前に小さな屋根付きの休憩所がある。

五十メートルほど進むと右手の林が途切れ、湖のように穏やかな湾の景色が広がった。白い砂浜にごく小さな波が静かに打ち付けている。確かに谷繁の言っていた通り、岸辺近くの透明度は高い。エメラルドグリーンの水面の下で、岩礁や石ころが陽光を受けてゆらゆらと揺れている。

傾き始めた日差しが、じりじりと太郎の首筋を焦がしていた。休憩所のすぐ手前まで来たとき、屋根が形作った芝生の木陰に、一台の原付バイクが停まっているのが目に付いた。男が一人、浜辺の際にいた。右手にタバコの吸いさしを持ち、階段に腰を下ろしている。極彩色のアロハ姿の大柄な男……その後ろ姿だけでも、誰かはすぐに分かった。

ジャリ、と足元で耳障りな音が響いた。自分の爪先を見ると、潰れた空き缶を踏みつけていた。

柏木がこちらを振り返った。そして不意に笑った。

「なんだ、おまえか」

太郎もつい苦笑する。いくらはるかに歳下とはいえ、自分を認めたあとの第一声が「なんだ、おまえか」とは、いささかひどい。まるで犬猫の扱いだ。

「――ちわ」

それでも気づけば神妙に言葉を返している自分がいた。

柏木は階段に腰掛けたまま、もう一度、へっ、と笑った。

「午前中は互いに向かい合ってたのに、今さら『ちわ』もないもんだ」

太郎はなんと答えていいか分からず、黙って突っ立っていた。

柏木はそんな太郎の様子を黙って眺めていたが、やがて咥(くわ)えタバコのまま脇の階段を手のひらでぺたぺたと叩いた。

「ま、こっちに来な。こんなところで立ち話もなんだろ。場所は腐るほどある」

一瞬迷ったが、結局は言われるまま階段まで近寄っていき、柏木の横に腰を下ろした。

柏木は海を眺めたまま、しばらく無言だった。

太郎も黙っていた。こういう男にいったいなんと話しかけていいか分からない。今までの十九年の人生の中で、一度も親しく口を利いたことのないタイプ……。

が、ややあって柏木がぼりぼりと首筋を掻き、口を開いた。

「おまえ、今日の試験は出来たのか？」

　思わぬ質問に、つい素直に答えた。

「少なくとも八割ほどは正解してると思います」

　柏木は依然海を眺めたまま、いかにもつまらなそうに言葉を洩らした。

「おれは、ぜんぜん自信ないな。特に長文の設問は、いったいナニを言いたいのやら皆目見当がつかないことが多かった」

　柏木は太郎を見ぬままうなずいた。

「アレだ。このぶんだと、明日には本土に送り返されるクチだな」

　太郎は多少考えて口を開いた。

「でも、短文の設問はけっこう簡単じゃなかったですか？」

「とは思う」柏木はため息をついた。「ただな、おれレベルに簡単だったってことは、みんなにも簡単だったってことさ」

　その言い方に太郎は少し笑った。この肩の力の抜けた自己評価の低さ。そして冷静さ。自分の能力や可能性というものに対して何の期待もしてない。この男、やはりなんとなく憎めない。

　柏木がこちらを向いた。

「おまえ、学生だよな？」

「はい」

相手はまるで不思議なものでも見るように、しげしげと太郎の顔を覗きこんできた。

「なんでこんなセミナーに参加する気になった」

が、太郎にはその言わんとするところがいまいち掴めなかった。

「というと？」

逆にそう問い返すと、相手は困ったような表情を浮かべた。

「つまりだな、そこいらのリストラ野郎が食うに困ってこのセミナーに応募するなら分かる。けど、何不自由のない学生分際のおまえが、なんでわざわざ参加しようと思ったんだ？」

この実利目的の質問には、やはりなんと答えていいか分からなかった。太郎が口籠もっていると、さらに柏木は口を開いた。

「新卒でも、まだ就職難の時代なのか？」

「いえ」

「じゃあなんでだ？」柏木はかぶせてきた。「ひょっとして、そうは見えないがおまえ、そんないい大学じゃないのか？」

つい苦笑した。

「国立大です」

柏木は、ほう、と一声唸ると、かすかに顎をしゃくった。「どこよ?」

答える義理はないと思いつつも、その促す仕草にうっかり口を滑らせた。一瞬の呼吸だ。

「東大です」

今度は柏木が苦笑いを浮かべた。

「なんだあ? 日本の最高学府じゃねーかよ」

「……」

「就職にも全然苦労はないよな」

「かもしれません」

「ふうん」

しばらく黙り込んだあと、柏木はふとため息をついた。

「ようは、あれか……」

「はい?」

「おまえはさ、贅沢なのかな」

「は?」

「おまえは是が非でもこのセミナーに参加しなくちゃならん必要はない。たぶんさ、人間とは人生とは何たるやなんていう、そんな毒にも薬にもならんようなことを考えてこのセミナーに応募したわけだろ?」

考えてみる。言い方は悪いが、たしかにこの男の言うとおりなのかもしれない。

太郎はうなずいた。

それを受けて相手はさらに口を開いた。

「でもさ、世の中はそんなことを考える余裕もないほど生活に追われている人間が大多数だ。みんな地を這うようにして暮らしている。おれもその一人だ。そんな生活から抜け出したくて、藁にも縋る思いでこのセミナーに参加している。だからっておまえの参加動機が良くないって言うわけじゃない。けど」

「けど？」

柏木は答える代わりに、吸いさしをコンクリートの階段の縁で揉み消した。吸殻を胸ポケットから取り出した携帯用の灰皿に入れる。

「おれは、おまえのその余裕が羨ましいんだろう。今日の認知の授業。たぶん同じものを見ても、おまえにはおれと違う世界の色が見えている。その心持ちが、羨ましい」

なかなかこの男も詩的なことを言う。そんなことを太郎はぼんやりと感じた。

「さ――」

柏木は急に立ち上がると、パンパンと綿パンの臀部を払った。そしてニヤリと笑った。

「とにかくおれが今感じたのは、そういうことだよ。うらなり」

一瞬、さりげなく付け加えたその最後の語尾が聞き取れなかった。思わず問い返すと、

「うらなりだよ、うらなり。おまえのことだ」

と、柏木は繰り返した。そのあまりの言われように、太郎は反射的に声を上げた。

「ひっでえ！」

柏木はガハハと笑った。

「ま、許せ。最初に見たときからそう思ってたんだ」

ふと思った。

「ひょっとして、ずっとそう呼びたくてたまらなかったんですか？」

柏木はあっさりとうなずいた。

「だから今日は許せ。最後の晩になるかもしれないからな」

さらに太郎は感じた。この男、先ほどからこれが言いたいばかりにしんみりとした話をしたのだろうかと。だとしたら、こいつは本当にどうしようもない。

しかし、このあけすけさにはやはり苦笑するしかなかった。

自分の感情に正直な者は、そのほとんどの悪徳を見る者への愛嬌に変えてしまう。この柏木のように。相手がヤクザ者だということも忘れ、太郎はつい軽口を叩いた。

「つくづくロクデナシだと思いますよ。柏木さん、あなたは」

もっともだ、と柏木がもう一度うなずく。

「だから三十八にもなって人生をやり直す羽目になる」

傾きかけた紫外線に次第に透明度をなくしていく目の前の湾。その湾の先、外洋の向こうに浮かぶ兄島。西日を受けてくっきりと立体的に見えていた。

夕方になって少し風が出てきた。六時少し前に由香は部屋を出た。ホテル前の海岸通りを横切り、青々とした芝生の大神山公園を抜けて、海辺へと出る。二見湾に面している大村海岸へと足を踏み入れる。

白い浜辺を絶え間なく行きつ戻りつする波が洗っている。沖ではその潮風を受けて、一艘(そう)のウィンドサーフィンが白波を立てて走っている。夕陽を受けてセイルがキラキラと光っている。

植え込みの脇のベンチに腰掛け、しばらくその風景をぼんやりと眺めていた。はるか沖で華麗にセイルを操っている若い男性の影を、飽きもせず見つめ続ける。

ふとため息をつく。なんの理屈もなく、海と、光と、風とたわむれているように見える。たぶん私のそれとは対極にある人生。どうすればああいう生き方になるのか。

しばらくして腕時計を見た。六時二十五分。

「……」

ベンチから立ち、ホテルへと戻り始める。約束があった。六時半にホテル前のウッドデッキで待ち合わせだった。

ホテルへの道を戻りながらもふたたびため息をつく。誘ったのは自分のほうだというのに、なんとなく気が重い。歩きながらその憂鬱（ゆううつ）の理由に気づく。由香はここ数年、仕事以外では飲み会の席に出たことがない。しかも初老の相手とはいえ、男性と差し向かいで食事をするなど本当に久しぶりだ。いったい何の話をすればいいものやら、皆目見当がつかない。

でも、と由香は思う。誘ったのは私だから、今夜の食事代は私が持つようにしよう。たとえ盛り上がらなかったとしても、相手はそれで少しは気を良くしてくれるはず。

そんなことをつい考えてしまう自分に、またウンザリする。

ホテル前まで戻り、生垣の木戸を押して敷地に入ると、竹崎は既にいた。ウッドデッキのチェアに座り、短い足を投げ出している。よく見ると踵しか着いていない。由香は先ほどの気鬱も忘れ、少し微笑む。独特の滑稽（こっけい）感があるせいだろうか、この男を見ると、やはり気が和む。

「待たせましたか？」

そう口を開きつつ竹崎に近づいていった。

竹崎が顔を上げ、「なに、ほんの一、二分です」と、いつものようにニカリと白い歯を覗かせた。「さて、じゃあ行きましょうか」

炉辺焼きの店に着いてみると、店内は早くも六割ほどの客の混み具合だった。

「やっぱり流行ってますなー」

言いつつ、竹崎は案内された凹の字になったカウンターの奥に腰を下ろした。由香も隣に座った。最初に飲み物を頼み、簡単にとりあえずの品を注文したあと、すぐに飲み物と突き出しがきた。竹崎はウーロンハイ。由香は生ビールの中ジョッキだった。

軽く乾杯を済ませると、さっそく竹崎が口を開いた。

「ぼくはね、あんまり酒を飲めなくなってしまいましてね」

「どうしてです？」

「糖尿病なんですわ」竹崎は明るく顔をしかめた。「五年ほど前になりました」

少し考えて、由香は口を開いた。

「もともと糖尿病だったんですか？」

竹崎はうなずいた。

「外国に住んでいたときにそうなりました」

あ。あのハーモニカの音だ。〝苦い人生〟。南米の音楽。

「たしかコロンビアとか言われてましたよね」

「はい」

「コロンビアにはずいぶん長くお住まいだったんですか？」

「勤め人時代に七年。一度日本に帰ってきてから定年退職後に三年。計十年住んでいました」

長い。それに会社勤めで七年もいたのに、また彼の地に舞い戻っている。由香もその国に対して多少のテレビ的な知識はある。麻薬とマフィアと反政府ゲリラが蔓延る国。世界でも最も治安が悪い国の一つだと聞いたこともある……。

「どういうところがそんなに気に入られたんですか」

竹崎は束の間考え込んだあと、「たぶん雰囲気だと思います」と微笑んだ。「人が陽気で、太陽が明るい。嫌なことや危険なこともかなりありましたが、それでもぼくは好きだった」

「日本よりも？」

「ええ。うまく言えませんが、あの国で暮らしていると、人間とか人生とか、そんなことについて色々と考えさせられることが多かった。だから今回、それらのことをもっと系統的に知りたいと、この研修に応募したのかもしれません。事情があって結局は帰国しましたがね」

竹崎はウーロンハイを片手にこちらを見た。

「ところで森川さん、あなたはどうしてこのセミナーに参加したんですか？」

改めてそう聞かれ、由香は自分が恥ずかしくなった。

私はこの竹崎のように、純粋に自分の知的好奇心を満たすためにこのセミナーに参加したのではない。本来なら、こういう応募動機が正当なものだ。

少し迷ったが、結局は応募動機を正直に言うことにした。

「お恥ずかしい話ですが、私は、竹崎さんほど立派な動機では全然ないです」

そう前置きをした上で、自分は結局、人間というものが怖いこと、だから人と親密な関係を築けたことがないこと、しかしこのままでいくと今後の自分の人生は、仕事を含めてとても無味乾燥になるだろうということなどを、掻い摘んで語った。

「ですから、私の動機など徹頭徹尾、実利本意のもので、ある意味では自分のことしか考えていないんです」

そう言い終わると、竹崎はしばらく黙っていた。が、やがて微笑んだ。

「それでいいんだと思いますよ」

竹崎はそうつぶやくように言った。

「必然があるからこそ懸命にいろんなことを知りたいと思うし、知り得たことが実にもなる」

「……そうでしょうか？」

「そうですよ。みんな、自分の中から出てきた必然にしか懸命になれない。あなたは多少勘違いしているようですが、ぼくだってそうですよ」

　これにはやや驚いた。

「そうなんですか？」

　竹崎は軽くうなずいた。

「もちろんです。確かにぼくは今、食うには困らないリタイア組です。そしてぼくの人生が今後大きく変わることも、たぶんもうないでしょう」

「……はい」

「ですが、よく言いますよね。『人はパンのみにて生きるにあらず』って」そう言って白い歯を見せる。「人間食べるのに必死な間は、とりあえずご飯が食べられて雨露がしのげる暮らしが出来れば、それで充分だと思う。ですが、いったんそんな生活を手に入れてしまうと、やはりそれだけでは生きられない。今度は心にある空虚なものを埋めようとする。それが埋まらないと、不安に駆られ無気力になる。知っていますか？　この日本の自殺者は、統計的には食べるに困らない身分の人間が圧倒的に多いという話です。贅沢なことなのかもしれませんがね」

　少し考えた。そして聞いた。

「竹崎さん、あなたも――」と、由香は口を開いた。「あなたも何かを抱えているのですか？」

　竹崎はちらりと目の隅で笑った。

「何も抱えていない人間なんていませんよ。その時々の本人の状況で、それが表面に浮かび上がってくるかこないかの違いだけで。そして、もし何も抱えていない人間がいたとしたら、それは人間ではない。たぶん人のカタチをした獣でしょう。今日の授業でも言ってましたよね。ヒトに自意識がある限り、それからは逃れられないって……ぼくもそう思いますよ」

午後八時――。

中間試験の審議は二番テーブルの三人目まできていた。鷲尾は次の受講者の資料を手に取る。

浅川太郎。彼の解答は一問を除いて全て正解だった。ちなみに一番テーブルも含め、今までの最高得点でもある。小泉が資料から顔を上げ、鷲尾を見てきた。

「この方は当然、二次セミナーに進めるべきだと思っておりますが、いかがでしょう」

鷲尾は口を開いた。

「レポート結果も三つ揃って全理解ですから、まったく問題ないでしょうね」

「では、彼は二次セミナーへの合格者ということで」

それを受けて、横の関根が浅川の答案をテーブルの隅の『合格者ファイル』に入れる。

結果として浅川の審議はものの三十秒で終わった。

そして七名の審議を経過した時点で、合格者が二名、不合格者が五名となった。あくまでも現時点での判断だが、当初の合格者数の割合予想よりずいぶんと少ない。

合格者名簿に浅川の名前を書き込みながら、小泉が小さなため息をついた。その横にいる関根も、やや浮かない表情をしている。

鷲尾をはじめとしたスタッフは、約半数ほどが二次セミナーへと進むのではないかと予測し、明日からの母島の宿は受講者の部屋を最少十五名分、最大二十八名分というラインで仮予約してある。シーズンオフということもあり、最低十五名をクリアすれば、最大の仮予約数である二十八名からの人員減のキャンセル料は発生しない契約だった。ただし、宿泊者が十五名を下回った場合は、人員減一人につき、前日連絡で三割のキャンセル料を支払うことになっている。しかし、これはまだいい。多少のキャンセル料は当初の受講料に織り込み済みだった。

鷲尾たちスタッフたちの気鬱は、わざわざ自腹で小笠原まで来てもらった受講者たちには可能な限り合格してもらいたい反面、現時点ではどうやらそれがおぼつかないという部分に、その原因があった。関根が遠慮がちに口を開いた。

「やはり、試験が難し過ぎたんでしょうか。もう少し問題設定の時点で設問のレベルを下げるか、あるいは合格者の審査ラインを七十点ほどに下げたほうが良かったのではないでしょうか」

一瞬考え、鷲尾は口を開いた。

「いや。それは違う。まだ七名しか審査していないが、試験の正解率が八割以下の受講者はレポートの結果も全理解が三つとも揃っていることはない。半理解と無理解がほとんどで、やはり講義の内容をよく理解できているとは言えない。そんな受講者を二次セミナーに進めるわけにはいかないでしょう」

「私もそう思います」小泉も鷲尾に同調した。「合格者を増やすために、講義内容を理解できていない受講者を二次セミナーに進めても意味がありません」

つまり、本末転倒ということだ。

二次セミナーの講義やフィールドワークは、この三日間の一次セミナーでの内容をほぼ全理解しているという前提のもとで進んでいく。そのベースの知識の上で講義は行われる。だから一次セミナーを理解できていない人間には、それ以降の講義は、表面上の言葉は理解できたとしても、本当の意味での理解はできない。審査基準を今さら緩くして合格者を増やしたところで、最終的にはその参加者のためにはならない。そして理解できないままの受講者に、もし本人が希望した場合、企業に紹介状を書くことなど、とうてい出来ない。

「とりあえず次に進みましょう」

鷲尾はそう言って、次の受講者の資料を手に取った。

二番テーブルでの最後の受講者。柏木真一。

三つ出されたレポートは、すべて全理解に○が付いている。むろん鷲尾がそう判断したものだが、試験の解答結果は七十三点だった……。

「どうでしょうか。このかた」資料に視線を落としたまま小泉がかすかに眉を寄せた。「試験結果は八割に満たないですけど、鷲尾さんの判断では三つのレポートとも全理解になっていますね。今までにないパターンです……審議対象にしますか？」

鷲尾は他の二人のスタッフを見た。二人ともうなずいた。異存はないようだ。

それを確認して口を開いた。

「では、読み込みを始めましょう」

資料の次のページを捲る。小泉も関根も、そしてもう一人のスタッフもそれに倣う。捲った次ページ以降には、三回分のレポートと試験結果のコピーが順に綴じられている。自分が判定したレポートだから中身は知っている。そのページは飛ばして試験結果を見ていく。設問①から設問④まではすべて正解。簡単だからこれは当然だろう。

設問⑤……ここで不正解が出ていた。

『百人の会社社長に「どの動物と仕事の取引をしたいですか？」とアンケートした結果、もっとも多く選ばれたのはどの動物でしょう？』

この最初の問いかけに、柏木は『女ウサギ』と答えている。

が、よく見ると、最初に『ワニ』に○を付け、消しゴムで消した跡がある。最初に『ワニ』を選び、それから考え直して『女ウサギ』に丸をつけた。そしてその選択肢の答えの横には、それぞれ小さな殴り書きがあった。束の間判読できなかったが、目を細めてようやく読めた。

『男ウサギ』……バツ。

『女ウサギ』の横には『滅私奉公型、ベター』と、書いている。

『ワニ』の横には『エグい取引』と書いてあった。

おそらくは自分なりの判断を下すための書き込み。そしてその書き込みの言葉で、鷲尾にはこの男の考えたことがなんとなく分かった。最初から男ウサギは論外だが、もし自分が取引するとしたら、たとえ信用はできてもエグい取引になるより、滅私奉公型の相手を選べば、多少のトラブルはあるかも知れないが、結果的に悪い取引にはならない……おそらくそう判断した。

つまりは模範解答での正解ではないが、この男の理解の仕方はある意味正しい。内容をちゃんと理解しているとも言える。

その証拠に「もっとも取引したくない」動物の解答では、ちゃんと『男ウサギ』を選んでいる。

鷲尾は点数配分の表を見た。設問⑤の最初の質問が四点。これをもし正解とカウントすれば、七十七点。続く試験結果を見ていく。

設問⑥……不正解。『砂の斜面』を登っていくことを選んでいる。

つい鷲尾は微笑む。いかにも直截（ちょくせつ）そうなこの男の好みが反映されている。しかし間違いは間違いだ。ここでの正解は『階段』だ。

設問⑦で、再び不正解になっている。

ミュージシャンの卵に関する質問に、Cの『自分で何度も聴き直し、さらに納得のいく出来になれば応募する』を選んでいる。しかしBに○を付けた跡もある。そして、この男の書き込みの癖がここでも出ている。たぶん、よくよく悩んだときに出る癖だろう。

Bの『数多くの友人たちに音楽を聴いてもらい、それらの意見を参考にした上で作り直す部分があれば徹底的に作り直して応募する』の横には、『迎合（げいごう）型。気力持つか？』と疑問符があった。対してCの横には『そこそこ売れ　好きなこと』とある。

鷲尾はふと二日目の講義録の内容を思い出した。

『経由点と着地点』の講義録だ。一通りの講義終了後、この男の質問に、大西という中年女性の大学教授は逆にこう聞き返していた。

あなたが今好きなことはなんでしょう、と。

ドキュメンタリーものの読書です、と柏木が答えると、では今でなくてもいいから、何故自分がそのジャンルが好きなのか考えてみてください、と大西は答えた。

さらにその前段の講義の最後で、大西はこう語ってもいた。

ある仕事の立場を手に入れることは手段に過ぎない。その立場を手に入れた上で、何をどうやるのか、その仕事に自分なりに意味を見出せるか、楽しく出来るのか、などが最終的な生き方の目的になる。決してその立場を手に入れることが目的ではない、と。

設問⑦は、初日とこの二日目の講義内容を踏まえた質問だ。『成功の確率』と『経由点と着地点』を問題にしている。『成功の確率』ということを踏まえて言えば、Aが論外なのはこの男にも分かっているようだ。次にBかCかの判断基準で、『経由点と着地点』のおさらいが出てくる。この問題設定での着地点は『ミュージシャンの卵がプロとして活躍し続けること』となっている。しかしこの男は、『プロとして活躍し続け、かつ、その仕事に自分なりに意味を見出せるか、楽しく出来るのか』ということまでを含んで着地点としているのかも知れない。そう考えれば、あながち間違いとも言えない。点数配分の表を見る。設問⑦は五点だ。もし正解とカウントすれば、これで八十二点になる……。

さらに設問⑧以降の解答をじっくりと見ていった。残りの設問で三つの間違いがあったが、これらに関しては、柏木がどう考えてその選択肢をチョイスしたかの足跡はうかがい知ることが出来なかった。一通り試験結果を見終わったあと、鷲尾は顔を上げた。

何故か小泉が目尻で笑っている。

「鷲尾さん、この方のテスト結果、どうお思いになりました？」

少し鷲尾も笑った。そして感じたままを正直に答えた。

「――というわけで、設問⑤の最初の質問と設問⑦は正解にしてもいいのかも知れません」

「すると……」と、関根がさっそく電卓を弾く。「プラス四の五の、八十二点になりますね？」

「そうなります」鷲尾はうなずいた。「みなさんのレポートを読んだ結果の感想はいかがでしょう？」

ふたたび小泉が笑みを浮かべる。

「荒っぽいですし変な喩え話ばかりですけど、かといって的外れではない」言いつつ、他の二人を見遣った。「解釈の仕方によっては試験結果が八割以上になるのであれば、私はこの柏木さんを二次セミナーに進めることに異存はありません」

「私も同感です」

と、関根も口を開く。残る一人のスタッフもはっきりとうなずいた。

「では、この柏木さんは合格ということで」

鷲尾がそう言い終えると同時に、関根が柏木の答案を合格者ファイルの中に入れた。二番テーブルを終え、これで合格者は三人になった。やや和やかな雰囲気が場を支配する。たとえ数は重要ではないと言いつつも、やはり合格者は多いほうが嬉しいものだ。

# 第三部　二次セミナー・母島

ふと目が覚めると、まだ朝の四時半だった。

合格発表は朝の六時にレストラン会場に貼り出される。そして母島行きの『ははじま丸』という船は、午前七時半に二見桟橋から出る。合格となった者は急いで荷造りを済ませ、六時四十五分までにウッドデッキに集合となる。その時刻に送迎バスが迎えに来る。

ちなみに、不合格者の出発はそれより半日遅い。

四日前に柏木たちをこの島に運んできた『おがさわら丸』は、この四日間というもの二見桟橋に錨（いかり）を下ろしっぱなしだ。これが午後二時に出航する。それに乗って本土へと戻る。

つい深いため息をつく。

うらなりのいかにも賢げな顔つきが目に浮かぶ。あの竹崎だって、その口ぶりから察するに本当はかなりアタマがいい印象を受ける。他の受講者たちも、その雰囲気や物言いからいかにも高学歴の人間ばかりという気がする。少なくとも自分のような工業高校中退はいないだろう……どう考えても自分が合格しているとは思えない。

ふたたび昨日のクサクサした気分が蘇ってきた。今日の朝御飯は五時半からだ。あと三十分以上ある。部屋の中にじっとしていると不安でどうにかなりそうだった。気晴らしに朝の散歩に繰り出すことにした。ベッドから起きだしてパンツ一枚の姿のまま顔を洗う。歯は磨かない。それは朝食後と決めている。アロハを羽織り、綿パンに足を通して玄関へ向かった。

海岸通りを跨ぎ、大神山広場へと行った。

青々とした芝の公園を抜けて、大村海岸に面したガジュマルの木陰のベンチに腰を下ろす。まだ午前五時だというのに、エメラルド色の海の表面にも、白砂の岸辺にも、早くも強烈な朝日が燦燦（さんさん）ときらめいている。胸ポケットからタバコを取り出し、ライターで火をつけた。

少し経って気づいた。青灯台のほうで、ウミネコが鳴いている。

一人笑う。昨日の試験の、ある設問を思い出した。たしか、設問の⑩だった。

『あなたは失恋中です。一人で港までやって来ました。沖ではカモメが鳴いています。想像してみてください。そのカモメの鳴き声は、どう聞こえるものだと思いますか』

もちろん『悲しげに聞こえる』という答えを柏木は選んだ。

よく似た経験を、以前にしたからだ。あのとき――。

昔囲っていた女のその後を川崎で見届けたあと、新宿で西武線に乗り換えた。下落合（しもおちあい）で電車を降りると、ウィークリーマンションまでの家路をとぼとぼと歩いていった。ブロック塀に囲まれた狭い路地に浮かんでいる白っぽい街灯。その白い光が雫（しずく）となって今にも垂れてきそうだった。あの女が幸せそうでほっとした反面、ひどく淋しいのだと感じた――。

物思いにふけったまま、砂浜のベンチで二服、三服と煙を吸い込む。

白砂を踏んで人影が青灯台のほうから近づいてきた。早朝の散歩のようだ。

まだ五十メートルほど離れている。それでも柏木は、その背恰好と歩き方から誰かはすぐに分かった。砂の上を歩いているはずなのに妙に足捌（あしさば）きが軽い。

ふと思う。こいつ。こうやっていつも生きてきたのだろうか――。

「やあ。今日もいい天気ですな」

相手は柏木の前まで来ると、相変わらずにこやかに口を開いた。竹崎だ。

つい柏木は苦笑する。

「ったく、あんたはいつも元気だな」

ふたたび竹崎が笑う。白い歯を見せて笑っている。改めて感じる。この男、歳のわりにはおそろしく歯並びがいい。

「あんた、それ、総入れ歯か？」

「違うねえ」柏木の横に腰を下ろしながら、のんびりと竹崎は答えた。「インプラントだ」

ほう、と思わずつぶやいた。その義歯は聞いたことがある。元々は本物の歯のあった歯茎をメスで切開し、上顎と下顎の骨にドリルで穴を開ける。そこに芯棒のようなものを埋め込み、その芯に高密度セラミック製などの義歯を固定していく。一度入れたら入れ歯のように外す必要はないし、嚙み心地も本物の歯とまったく変わらないらしい。当然のように値段も張る。

「けっこうするもんなんだろ？」

竹崎はあっさりとうなずいた。

「四百五十万ぐらいだったかな」

この金額にはたまげた。

「あんた、金持ちなんだな」

「そんなことはない。食い物は美味く食べたいんでね。他にも余禄はある」

「余禄？」

「ま、そうだ」

その含みのある笑い。なんとなくピンときた。柏木は呆れた。

こいつ……六十を過ぎてとんでもないエロジジイだ。

あんたなあ、と言いかけて思いとどまる。まあ、生き方は人それぞれだ。おれがとやかく口を出す筋合いでもない。時計を見る。五時二十五分。そろそろ朝食の時間だ。

「あんたも当然、朝飯は食うだろ？」

竹崎はうなずいた。

「基本だからな。一日の始まりの」

柏木もうなずき返した。

「じゃあ、行こう」

そう誘ってから、自分でもついおかしくなる。中学時代、休み時間になるとクラスメイトと連れションに出かけたことを思いだした。これではまるで気の置けない友達同士じゃないか。

ホテル入り口の生垣の木戸を過ぎるとき、横の竹崎がつぶやいた。

「母島ってのは、どんなところだろう」

柏木は思わず微笑む。

「あんた、もう受かった気でいるのか?」

「っていうか、そういうもんだろ」竹崎が気楽に応じる。「済んだことは済んだこと。あとは楽しい想像をしたほうがいい」

たしかにその通りかもしれない。やることはやった。結果は今さらどうにもならない。なら、前向きな想像をした分だけ得だということだろう。もう一度笑う。人生を楽しくやり過ごすコツなんて、意外とこんな些細(ささい)な考え方の積み重ねかも知れない。

レストラン会場に入った時点で竹崎と別れた。柏木は二番テーブルへ、相手は五番テーブルへと向かっていく。二番テーブルには浅川がすでに席に着き、朝食を摂っていた。

「よう」

と、呼びかけながらその対面に腰を下ろした。

「おはようございます」

茶碗を持ったままの浅川が、神妙な顔つきで応じてくる。右手の中にある箸の持ち方がきれいだ。やはりマトモな家庭で育っている。

柏木が座ってすぐに、ホテルの従業員がお膳を持ってきた。味噌汁とご飯と、海苔と納豆。鮭の切り身、レタスと、その他三品ほどの小鉢が付いている。

壇上のボードは真っ白なままだ。六時になるとそのボード上に中間試験の合格者が貼り出されることになっている。箸を割りながら柏木は言った。

「そろそろだな、発表」

「ええ」

「どんな気分だ」と、さらに突っ込む。「余裕綽々か?」

浅川は答える代わりに右隣の中年男をちらりと見た。昨日の宮之浜で聞いたことを思い出した。いつもその位置に座っている相手が、相部屋の男だと言っていた。

柏木の見るところ、その中年男は合格発表を前に明らかに緊張している。たぶんだが、おれと同じように残りの人生を藁にでも縋るような思いでこのセミナーに賭けている。

浅川が、もう一度生真面目な表情で柏木を見てくる。

その仕草でようやく分かった。このうらなり、相部屋の男に気を遣ってやがる。だから余計な軽口は遠慮してくれと目で訴えている。

一瞬迷ったが、その通りにした。口の中でモゾモゾと飯粒を嚙みながら、黙ったまま飯を食い続けた。鮭を口に運びながら昨日のことを思い出した。

あの浜辺で相部屋の人間のことを話したとき、浅川はあまり気に入っていない様子だった。それでもこうして相手に気を遣っている。こいつ、意外と優しい奴かもしれない。

発表前の緊張に食欲はあまりなかったが、ご飯のお代わりはした。誰が見ているというわけでもなかったが、いつもと変わらぬように振る舞いたかった。

二杯目のご飯を食べ終わった直後に、奥の扉が開いた。

「みなさん、おはようございまーす」

元気よく小泉が出てくる。小脇に丸めた紙を抱えている。続いて関根がセロテープを片手に入ってきた。柏木は腕時計を見た。五時五十八分。いよいよ発表だ。

静まり返った会場の中を、小泉と関根が進んでいく。壇上に上がった小泉は小脇の紙を取り出した。関根と共に紙の四隅をホワイトボード上にセロテープで留めていく。留め終わった。

が、貼り出された紙には、てっきり合格者の名前が書いてあるのかと思いきや、各テーブル番号の表記の下に、四桁の数字が羅列してあるだけだった。

柏木は一瞬失望したが、それでも二番テーブルの位置の数字を食い入るように見た。四桁の数字が二つ、縦に並んでいる。最初が０７１６。次が０９２３。それで終わりだ。

しかし、それだけで充分だった。二番目の０９２３。

見た途端に分かった。つまり九月の二十三日。柏木の誕生日だ。絶対にそういうことだ。それ以外に考えられない。

おしっ。

思わず心の中でガッツポーズをとった。

はたして壇上の小泉が口を開いた。

「もうお気づきの方もいらっしゃるとは存じますが、各テーブルの合格者は、四桁の誕生日で表記させていただきました。ですから数字を再度ご確認の上、合格者の方は六時四十五分までに荷造りを済ませてコテージ前のウッドデッキに集合してください」そしてひきつづき説明する。「申し訳ありませんが、それ以外の方は不合格となります。こちらの方々は午後一時までに各自荷造りを済ませ、同じくウッドデッキに集合となります」

その淡々とした口調が柏木にはやや不満だった。事務的な言い方だ。合格者に対しての祝いの言葉もない。が、すぐに思い直す。不合格者も混在する手前、そういう言い方にしかならざるを得ないんだろう……。

柏木は壇上から視線を戻した。あらためて前に向き直る。目の前に浅川がいる。同じテーブルの他の二人はいつの間にかいなくなっていた。たぶん居たたまれなくなり、そっと席を立ったのだろう。浅川はやや微笑んだままこちらを見ている。

念のため口を開いた。

「おまえ、七月十六日生まれか？」

浅川はうなずいた。

「秋分の日ですね、柏木さんは」

柏木もうなずき返した。

おれとおまえ。合格者。柏木はふたたびじんわりとした満足を味わう。これで新しい将来へのパスポートはほぼ手に入れた。

浅川が手を差し出してきた。

「母島でも同じグループですね。宜しくお願いします」

「こっちこそ」

その手を握り返しながらも改めて感じた。やっぱりこいつ、意外といい奴かも。

たぶん大丈夫だろうとは思っていたが、やはり合格は嬉しいものだ。

だが、そんな太郎の気持ちも部屋に戻った途端にやや萎(しぼ)んだ。相部屋の中年男が俯いたままチェアに腰かけていた。太郎が姿を現したときに一瞬顔を上げてこちらを見たが、ふたたび視線を力なく床に戻した。沈黙は気まずい。一瞬言葉を探し、見つけた。なるべく当たり障りのない言葉。

「先にお帰りだったんですね」

「え、ああ」

辛うじて相手がくぐもった声を出す。でも、それでもう会話は終わりだった。

太郎はその後に続ける会話を思いつかぬまま、手早く荷造りを始めた。不合格になった男の目の前でやるのは当てつけのようで嫌だったが、出発はあと四十分後に迫っている。デイパックの中に洗面道具やセミナーの資料、ガイドブックなどを詰め込み、今度は大きな鞄に衣類を詰め込み始めた。

やがて完全に荷造りを終えた。最後に鞄のファスナーを閉めようと、ちらりと腕時計を見たとき、針は六時三十五分を示していた。直後だった。ポツリと男がつぶやいた。

「浅川くん、悪かったね」

思わず手を止めて振り返ると、相手がぎこちなく微笑んでいた。

「申し訳ない、手を止めさせて。でも、もう準備も終わりのようだったから」

「はあ」

　言いつつファスナーを閉め終わって立ち上がり、あらためてチェアに座ったままの相手を見た。

　男はふたたび少し笑った。

「君には、わざとじゃないけれど結果的に冷たい態度をとった。無意識にこのセミナーの競争相手だと思う気持ちがあった」

　唐突な告白だった。太郎が無言のままでいると、男は軽く頭を下げてきた。

「だからこうして謝る。申し訳なかった」

「いえ……そんな」

「さっきから考えていた。自分はどうして不合格になってしまったんだろうってね」

「……」

「でも今は分かる。いくら自らに余裕がないからといって、二十歳以上も年下の相手を潜在的なライバルだと捉えてしまうような人間は、そして、その相手にそっけない態度を取るような人間は、やはりマトモじゃない。人として終わってる。どうしようもない。その感覚はレポートでも伝わる」

　太郎は見た。そう淡々と口を開いている相手の表情。昨日までとは打って変わって柔らかな笑みを浮かべている。

「だからおれは、落とされたんだってね。だから今までも、失敗続きの人生だったんだなって……ようやく分かった。成功の確率。それは外的要因もある。でも、こんなつまらぬ自分だったから、今までうまくいかなかったのは当然だって」

「……」

相手は思い切るように両膝を軽く叩いた。

「さ。もう出発だよね。この四日間、付き合ってくれてどうもありがとう。感謝している」

「あ、はい」

「じゃあ、元気で」

「おじさんこそ、お元気で」

太郎がそう返すと、相手は苦笑した。

「だいじょうぶ。試験には落ちたけど、自分がどういう人間なのか分かっただけでも、このセミナーに出た価値はあった」

「そうですか」

相手はうなずいた。

「うん」と声を出し、もう一度笑った。「帰りの船の中で、もう一度今までの自分を振り返ってみようと思う。時間はたっぷりあるしね。ひょっとしたら元々、そのための長航路だったのかも知れない」

「はい」

太郎は少し笑い、デイパックを肩にかけた。鞄を右手に提げて玄関に進んだ。背後で、まだじっとチェアに座っているであろう相手。でも振り返らなかった。すでに別れは終わっている。

そのまま靴を履いて外へ出た。途端、南洋の陽光が網膜を焦がす。思わず目を細めた。

コテージの角を曲がり、建物と建物の間を抜け、ウッドデッキのある敷地の東側へと出る。

デッキの中央にはすでに五、六人の合格者が集まっていた。先ほどボード上の数字を数えたところ、合格者は十一人だった。まだ半数ほどしか集まっていない。

その人の群れに近づいていきながら、あと数歩ほど進んだところで荷物を降ろそうかと思ったとき、不意に右手の部屋のドアが開いた。

見るからに大仰なスーツケースを二つ提げた大男……柏木が出てきた。いつものアロハと綿パン姿に、頭部には、いかにも涼しげな麦藁（むぎわら）のテンガロンハットを被っている。

その大きな顔が、こちらを振り返る。

「お。うらなりぃ」

そう言って太郎に向け、元気良く右手を上げた。太郎は思わず顔をしかめた。

「ぼくの名前はうらなりじゃないって言ってるでしょ」

わはは、と柏木は笑った。

「ま、許せ。今日は特別だ。明日からは言わない」

昨日もたしか今日だけみたいなことを言っていた。ということはこの男、明日も太郎のことをそう呼ぶだろう。つい釘を刺した。

「本当に、今日だけですよ」

「分かった分かった」

相手は二度返事で気楽に請け合う。この男、やっぱり絶対信用できない。太郎はふたたびゲンナリとした。だが、ゲンナリしつつも少し笑う。相部屋だった男を思い出す。たった四日間の出会いと別れ。

人間って、なんか懐(なつ)こい。たとえ憎まれ口とはいえ、どうやら人に話しかけずにはいられない生き物らしい――。

ホテルまで迎えに来たのは、初日に桟橋に現れたのと同じバスだった。

由香はその座席数を思い出す。三十五人乗り。そして思わずほっとする。これならみんな一列に一人ずつ座る。この前のように自分ひとりがポツンと座っている姿を他の受講者に見られなくて済む。反面、そんなことをつい考えてしまう自分にほとほと愛想が尽きる。

今年で三十になるというのに、自意識過剰とはまさにこのことだ。

誰も百貫デブの私のことなど見てやしない。なのに、いつもそんな取るに足らない下らないことばかりを考えてしまう自分……人間が卑しい。

「ハイ。ではみなさん、時間もあまりないですから、早速お乗り込みくださーい」

小泉の元気な声が響く。

「じゃあ、お言葉通り参りますか」

いつの間にか隣にいた竹崎が由香を見てにっこりと笑う。

「そうですね」

生垣の木戸を出て、早速バスに乗り込み始める。案の定、合格者たちは一列に一人ずつ座り始めた。ほっとしながら竹崎が腰を下ろした後ろのシートに座る。

バスが動き出すと、早速小泉がマイクを持った。

「みなさん、改めましておはようございます」そして少し首を傾げる。「と同時に、合格おめでとうございます」

途端、車内全体から漣（さざなみ）のように拍手が湧いた。小泉の横にはセミナー初日の車内のように関根がいる。控えめな微笑を浮かべている。

「さて、これからみなさんは『ははじま丸』にお乗りいただくことになります。引き続き、宜しくお願いいたします」

由香は案内書のスケジュールを思い出す。私たちはこれから二泊三日で母島に赴き、現地でのフィールドワークを体験することになっている。そして三日目の夕方にはこの父島に戻ってくる。翌日からふたたび講義と、この父島でのフィールドワークの日々が始まる。『ははじま丸』の停泊場所とその待合所は、細長い二見桟橋の北側にひっそりと位置していた。『おがさわら丸』の白く大きな舷側を横目に見ながら、バスはその二百メートルほど先の、二見桟橋の一番奥まった場所に到着した。バスを降りながらも、桟橋の南に見える『おがさわら丸』をちらりと見遣る。

不合格になった人たちは、今日の午後あの船で本土に帰っていく……。

合格者が全員バスから降りた。小泉が口を開いた。

「ではみなさんに、これから『ははじま丸』の乗船チケットをお渡しいたしますが、二等船室ですので、特に場所の指定はありません。お分かりのこととは存じますが、母島までは約二時間の航海となります」

気づく。由香のやや斜め前にあの若者がいる。『スペードの女王』を読んでいた。浅川太郎。いかにも生真面目そうな横顔で小泉の話に聞き入っている。

「今日も幸い晴天に恵まれ、波はそんなに高くないと思いますが、見ての通り『ははじま丸』は『おがさわら丸』に比べてかなり小振りの船です。船酔いが心配な方は船室で横になられるか、ないしは部屋の外に出て風に当たられるのが一番いい方法です」

合格者十一人のうちの約半数ほどが大きくうなずいている。私だけではない。やはり船酔いする人はけっこういるのだ。

「なお、母島の桟橋に着きましたら、ふたたび私のもとにご集合いただければと存じます。小さな桟橋なのですぐに私たちを見つけられると思いますよ。母島に到着するまでの説明は以上ですが、なにかご質問はありますか」

目の前の大柄な男がのっそりと腕を上げた。一見ヤクザ風の男だが、『経由点と着地点』の講義のときの質疑応答で、意外とその中身はマトモなのではと感じた。それにマトモじゃなかったら、そもそもこの男が中間試験に合格することなどありえなかっただろう。

あのときの講義のあと、由香は多少興味を持ち、改訂版の案内書を開けた。二番テーブルのこの男が座っていた位置には、『柏木真二』と書かれていた。その柏木が口を開く。

「えーっと、今日と明日はフィールドワークの講義が入っているみたいですけど、三日目は午後の出発まで各自自由行動になっていますよね。この日は特にレポート提出もないんですか」

はい、と小泉はうなずく。

「三日目は、ホテル出発の午後一時半まで完全な自由行動です。レンタカーを借りてドライブしていただいてもよし、海水浴に行っていただいてもよしです」

なるほど、と柏木は大きくうなずいた。

小泉は由香たち合格者を見回した。

「ちなみにこの母島での三日目は、ちょうど今回のセミナー期間の半ばに当たっております。連日いろんな情報を詰め込んでいるみなさんへの、知識の休養日という意味合いで設けさせていただきました。あまり詰め込みすぎると、脳も胃もたれを起こしますからね」

周囲から微かな笑い声が上がる。

「あちらでも夕食は各自自由になっていますよね」今度は浅川が気軽に口を開いた。「でもガイドブックによると、母島は人口が五百人ほどの小さな集落で、あまり飲食店はないようなことが書いてあったのですが……」

「大丈夫だと思いますよ」小泉が答える。「ホテルでも予約すれば夕食は出してくれますし、付近にも寿司屋が一軒と、居酒屋二軒、あとはちょっとしたイタリアンレストランもあります。現地に着きましたらその集落マップを配布いたします」

今度は合格者たちのほぼ全員が一斉にうなずく。心なしか彼らそれぞれの表情も明るく感じる。

……由香にもその理由は分かる。

この中間試験が終わったあとは、もう試験はない。つまりこの時点での合格者が最終合格者だ。セミナーに最後まで参加でき、しかもその後に希望すれば就職斡旋も受けられる。だから彼らの表情は明るく、受講者全体の雰囲気も昨日よりずいぶんと緩いものになっている。小泉の言い回しに初めて微かな笑い声が起こったのもそうだ。みんな安心している。

でも、それだけではない。一人で少し笑う。昨日の『認知』の授業。朝の試験結果で、私も心持ちが少し明るくなっている。だから、周囲がそう見える。もちろん自分が試験に落ちていたらこの場にはいないのだが、仮にいたとしても、彼らの表情を今ほど明るく捉えることは出来なかっただろう。

「では乗船時間ですので、チケットを配布します。どうぞ近い方からおとり下さい」

十一人の輪が、小泉を中心に狭くなる。由香は手首を返して腕時計を見る。七時五分。海を振り返ると、小さな『ははじま丸』は、すでに舷側のタラップを下ろし終えている。待合所から出てきた他の乗船客が、そのタラップに向かって桟橋の広い敷地を横切っている。

乗船客は多くない。途切れ途切れに列を作っている。受講者たちもチケットを受け取り終えると各自船に向かい始める。と、目の前で野太い声が湧いた。

「おい、うらなりぃ。これおまえの分」

顔を上げると、目の前の柏木が隣の浅川にチケットを差し出したところだった。途端に浅川が口を尖(とが)らせる。

「だからあ、うらなりじゃないって言ってるでしょっ」

柏木は笑い声を上げた。

「せっかくおまえの分まで取ってやったんだ。恩に着ろよ」

「自分で取れますよ。目の前のチケットぐらい」

「ま、そう言うな」

由香は思わず噴き出しそうになった。浅川には悪いが、うらなりとはたしかに言い得て妙だ。

そういえばこの二人、同じ二番テーブルだったなと思い出す。年齢も、その雰囲気から感じる生い立ちも似ても似つかないが、いつの間にか仲良くなったらしい。

気づくと、目の前の小泉も笑いを噛み殺していた。

由香も控えめに笑いながら小泉から乗船チケットを受け取った。

二見湾を出てしばらくすると、船体を微妙な縦揺れが襲い始めた。『おがさわら丸』で感じていた揺れよりピッチが小刻みなような気がする。やはり船体が小さいのだ。

太郎は甲板に出たまま、遠ざかっていく父島を眺めていた。

「ねえ、見て見て」

不意に隣から弾んだ声が聞こえた。太郎と同年代と思しきカップルが手摺から身を乗り出して舷側を覗き込んでいる。太郎も真下の海面を覗き込んだ。喫水線から白い波しぶきが上がっている。波しぶきから数メートル離れた水面下で、何かが高速で動き回っている。イルカだ。よく見るとその向こうにも数匹のイルカが船と併走しつつ、幾何学的な曲線を描いている。

「ねねっ、見て、チョーカワイイ！」

ふたたびカップルの女のほうが声を上げる。その呼びかけに、女の肩に腕を回した男のほうもニヤついた笑みを浮かべている。

多少ゲンナリとしながらも太郎は思う。

この年代——ぼくらの世代の女の子って、いつもこうだ。何かと言うとすぐにカワイイを連発する。たぶん語彙が少ないせいだ。もちろんみんながみんなそんなわけではないが、多少賢そうな女の子も、集団の中に入ったりすると、途端にこの言葉を使うようになる。その場の雰囲気から一人だけ外れることを恐れている。

カッコ悪。

太郎が同年代の女の子にあまり興味を持てないのは、こういう理由もあったりする。かといって、それ以上の年代の女性に惹かれるかと言えば、そうでもない。太郎は女性全般に対してあまり積極的な興味を持てない。というか、腰が引けている。

女。

女ってなんだろう。

……母親になっても、女であることに変わりはない。

甲板の手摺にもたれかかり、ふとため息をつく。

ちょうど二年前の六月だった。高校三年生のとき。昨日のことのように鮮明に覚えている。

その日の午後の授業中、太郎は急に腹が痛くなった。太郎はもともと胃腸が弱い。先生に早退を申し出て自転車に乗り、携帯から自宅へかけたが、母親は不在だった。母親の携帯にも連絡をしてみたが、電波の繋がらない場所にいるらしかった。結局そのまま学校を後にした。

家に帰る道は幹線道路を一度跨ぐ裏道が一番の近道だ。両側をコンクリートの塀に囲まれた狭い市道が延々と続くが、家までほぼ一直線で帰ることが出来る。しばらくその裏道を抜けていき、幹線道路の手前にある交差点まで来た。信号は赤。

一時停止の前で自転車を停め、信号が青に変わるのを待った。

ぼうっと交差点を眺めていると、一台の黒いセダンが目の前をゆっくりと過ぎ去った。

太郎は一瞬あっけに取られた。

助手席の中年女。サイドウィンドウ越しに見えたその横顔が、母親に酷似していた。運転席には太郎の見知らぬ男が乗っていた。

直後に信号が変わり、太郎は慌てて交差点に入った。セダンが小さく遠ざかっていく。

太郎は束の間茫然(ぼうぜん)としたあと、腹の痛さを堪えながらも猛然とペダルを漕ぎ始めた。

セダンが走り去った幹線道路は、その先で街の中心部を抜けて途中何度か大きな交差点に引っかかり、街の中心部から大きく迂回するようにして太郎の家のある住宅街へと至る。猛ダッシュで裏道を急げば、ひょっとしたら自分のほうが早く着くかも知れなかった。

それでも心のどこかで、まさかな、と思わずにはいられなかった。そんなはずはない。ぜったいにそんなことはない……はず。

三分後、自宅の敷地に自転車で滑り込んだときには、太郎はぜいぜいと肩で息をしていた。いつものようにカーポートの陰に自転車を立てかけ、ポケットから鍵を取り出して玄関のドアを開けた。三和土に入るなり、ただいまー、と声を上げる。しかし、いつもなら奥のリビングから聞こえてくるはずの母親の返事はなかった。深まっていく疑念を必死に押さえつけた。

なに、母さんはこの時間買い物に出かけているだけだ。さっきの中年女が母さんであるはずがない。きっとしばらくしたら買い物袋を提げて帰ってくる。

ひとまずキッチンに行き、胃腸薬を水で喉の奥に流し込み、足早に二階への階段を上がった。

太郎の部屋はこの家屋の東南の角に位置している。部屋の窓を開け、窓際まで椅子を引き摺っていき、腰を下ろした。

「……」

じっと窓の外に見える住宅街の通りを見下ろす。西から来る通りは、先ほどの幹線道路からこの住宅街へと抜けてくる通りだ。

どれくらい時間が経過しただろう、初夏の若々しい葉をつけた街路樹の向こうから、人影がゆっくりと歩いてきた。母親の姿は、陽炎(かげろう)に少し揺れていた。小さなバッグを提げている。しかし買い物袋はない。

思わず頭がくらりとした。

暫(しばら)くして、玄関の鍵が開く音がした。ややあって、

「あらっ、太郎くん帰ってるの？」

と、普段どおりの母親の陽気な声が聞こえた。

思わずほっとして「ついさっき帰ってきたところ。急にお腹が痛くなってさ」と声を上げつつ、そろそろと階段を降りていった。「で、学校早退したんだ」

一階に降りたときには母親はすでにキッチンの奥にいた。太郎を振りかえり、いかにも心配そうに聞いてきた。

「だいじょうぶ？　お薬はちゃんと飲んだ？」

「うん。帰ってきてすぐに飲んだ」太郎は答えた。「今はかなり痛みもおさまっているよ」

事実そうだった。人間、他のことに強く関心を奪われると、多少の体の変調ぐらいは気にならなくなるらしい。

そう、と母親の顔にやや笑顔が戻った。「でもね、そういう体調だったら早くベッドに

横になってなさい。わざわざ降りてくることはなかったんだから」

言いつつも、母親がキッチンの奥から出てくることはなかった。太郎はそれをやや奇異に感じた。彼女は、太郎がちょっとした怪我（けが）をしたりすると、何かやっていてもその家事を放り出してすぐに飛んでくる。最近爪を切っていて深爪をしたときでさえそうだった。なのに今は、特にやることもないのにキッチンの奥から出てこようとしない。

「お母さんね、今日は久しぶりにお友達と会ってきたの。学生時代の友人」

「そうなんだ？」

母親はうなずいた。

「阿部さんていって、最近になって都内に引っ越してきてね――」

その後母親が続けた言葉に適当に相槌を打ちながらも、太郎は気づいた。

部屋の中に、ほんのかすかだが香水の匂いがしている。母親の体から漂ってくる匂い。

気づいたときには口を開いていた。

「その友達って、高校の、それとも短大時代？」

母親は答えた。短大時代よ、と。

一瞬目の前が真っ暗になった。母は女子短大出身だ。

母さん……間違いなくクロだ。

「じゃあぼく、しばらく部屋で寝るね」

かろうじてそう言葉を返し、二階への階段を上がっていった。

近くの海面にイルカの背中が一瞬浮かび、また消えた。

太郎の視線は海洋に漂いながらも、ふたたび過去に戻っていく。

二年前のあの日から数日経ち、太郎はいけないと思いつつも母親が風呂に入っている間に彼女の携帯を盗み見た。着信履歴のほとんどが、固定電話と太郎と父親の携帯からのものだったが、その中に一つ、太郎の知らない携帯の電話番号が、一年ほど前から一ヶ月に一度の割合であった。番号の着信日時を調べていくうちに分かった。どの番号も第三火曜の午前九時前後にかかってきていた。太郎は急いでその番号をメモに控えた。

翌日、学校の帰りにその番号に非通知でかけてみた。

はい、と低い男の声が聞こえた。聞き覚えはまったくない。

「もしもし、永田さんの携帯でしょうか？」

太郎は適当に相手の名前を呼んでみた。

「いえ、違いますよ」

男は答えた。

「あ、すいません。間違えました。大変失礼しました」

「どういたしまして」

相手はそう言うと電話を切った。わずかの会話だったが、落ち着いた話しぶりの男だと感じた。年のころはおそらく四十代……太郎は数日前の黒いセダンを見た日を思い出した。考えてみればあの日も第三火曜だった。

翌月の第三火曜の朝。太郎は学校に行くふりを装い、家を出た。幹線道路方向に住宅街をしばらく進んだあと、携帯を取り出して学校に病欠の連絡を入れた。

住宅街の中を進んでいくと、幹線道路に出る少し手前に、地元の小さな商店街がある。母親が買い物をする商店街だ。彼女は、もし待ち合わせをするのなら、人目を気にして、間違いなくこのエリアより先に行く。マクドナルド脇の駐輪場に自転車を停め、店内に入ってオレンジジュースを注文して、一階窓際に腰かけた。

ストローで中身をちびちびと吸い上げながらも、腕時計を見る。午前八時三十分。

母親の相手の着信履歴はいつも九時前後だった。だから母親はあと一時間かそこらはやって来ない。太郎を送り出してから朝食の片づけをして、それから外出の準備をするなら、どうしてもそれぐらいはかかる。でもそれよりも遅くなることはないだろうとも思っていた。

一ヶ月前、あの黒いセダンを見かけたのは午後二時前後だった。たぶん一緒にお昼ご飯を食べた後に母親を送ってきた。だからその前になにか……何かあるとすれば、間違いなく二時間かそこらはかかる。太郎も子どもではない。その何かは容易に想像がついている。

しかし反面では、そうなっていないでくれと、母親がこの早い時間帯に姿を現さないでくれと心底願っていた。

太郎の両親は、彼が物心ついたころから寝室を別にしていた。

中学以降、性的な興味が出てくるにつれて、はっきりと意識したことがある。太郎は当時、けっこう夜更かしをしていた。零時ごろまで漫然と本を読んだり、音楽を聴いたりしていた。両親が零時以降にお互いの寝室を行き来している気配は、ただの一度も感じたことがなかった。

その頃、太郎は漫然と思っていた。夫婦というものは子どもができ、長年連れ添っている間に、次第に男女の仲ではなくなってくるものなんだろうな、と。

母親は当時、四十三歳だった。自分勝手な感情だとは充分わかっていたが、ナマな女としての母親は見たくなかった。ましてやそれが、自分が知らぬ男とそういう仲になっている女としての母親は、絶対に見たくなかった。しかし今、それを確かめようとしている自分がいる。

じりじりと時間が経っていった。

腕時計が九時二十五分を少し廻ったところで、視界の隅に、スーパーの向こうからやって来た小柄な女性をとらえた。

一瞬にして全身の皮膚が総毛立った。見間違えようもなく母親だった。それでも窓越しに見える彼女から目を逸らせなかった。その出で立ちに、磁力のように惹きつけられた。濃紺のツーピースを着込んでいる。母親のお気に入りの服装……やや急ぎ足だ。太郎は紙コップをダストボックスに投げ入れ、すぐにマクドナルドを出た。

母親は商店街を抜けると、幹線道路を右に折れた。なおも急ぎ足で歩道を進んでいく。その後を離れてついて行きながらも、なんとなく感じた。たぶん待ち合わせの時間は九時半だ。

十字路から三十メートルほど先に、大きなホームセンターがあった。そのホームセンターの『P・入り口専用』と標識の出ている脇道に入っていった。太郎は慌てて走りだした。専用駐車場の入り口まで駆け寄ると、ちょうど母親が建物の裏手にあると思しき駐車場に一歩足を踏み出したところだった。建物の陰に姿が再び消えた。太郎は駐車場への通路を急いだ。

建物の陰からそっと顔を出してみると、五十台分ほどはある大きな駐車場だった。太郎の視線の先に母親の背中があった。敷地に突っ立ったまま、左右を見回している。と、駐車場の隅から一台のクルマが動き出した。黒いセダン。太郎はもうすでにその車種をネットで調べて分かっていた。日産のフーガ。ゆっくりとこちらに向かって動いてくる。

フーガは母親の前で停まった。母親はいかにも手慣れた様子で助手席のドアを開け、車内に乗り込んだ。直後、クルマは動き出した。建物の反対側にある出口専用の小道に向かって進んでいった。

もうはっきりと分かっていた。充分だった。母親が月に一回、家族に隠れて何をしているのか。

それでも太郎は身を翻すと、急いで幹線道路へと出た。先の赤信号で引っかかっている数台の車輛の間に黒いフーガが見えた。太郎は左右を見回しながら、鞄の中にある財布の中身を思いだした。今月分の小遣い……、まだ七千円ちょっとある。背後からやって来たタクシーに手を上げる。

「先の赤信号で引っかかっているクルマの中に、黒いフーガがあります」後部座席に乗り込むなり、太郎は言った。「その後を追ってください」

タクシーはフーガのあとを三台置いて幹線道路をしばらく走った。この前に太郎が偶然見かけた路地を過ぎ、小田急線を越えた。

環状八号線との交差点が近くなってきたときに、不意に前方のフーガがウィンカーを左に出した。太郎は思わずサイドウィンドウにへばりつき、前方左手側のビルの並びを見上げた。

数十メートルほど先に『ホワイト・イヴ』というラブホテルが見えた。フーガはその看板の入り口に吸い込まれていった。

覚悟は出来ていたつもりだった。それでも猛烈な吐き気に襲われた。

「その先の信号で降ろしてください」

そう運転手に告げるのがやっとだった。

環状八号線の手前でタクシーを降り、よろけるようにしてブロック塀の植え込みまで駆け寄った。もう我慢できなかった。二時間前に食べた朝食を、盛大にぶちまけた。


やがてイルカの群れは舷側から遠ざかっていった。隣にいたカップルも船内に戻った。太郎の目の前には、小笠原海溝のどこまでも深い群青色が視界の限り続いている。こうやってぼんやり佇んでいると、あの日の出来事はまるで現実感がなく、白昼夢だったように思える。

外洋に進むにしたがって、少しずつ縦揺れが大きくなってきた。

手摺から身を起こして二等船室に戻っていきながら、その後の二年間を思い出す。

母親は以前と変わらず陽気で、父親にも気を遣い、相変わらずやたらと太郎の世話を焼いた。

太郎は母親の秘密を誰にも打ち明けなかった。打ち明けようもなかった。母親本人や父親に打ち明けることは、家族の崩壊を意味した。むろん仲のいいクラスメイトにもとうてい告白できるような内容ではなかった。

誰にも語ることのできない秘密。

それがゆっくりと太郎の心を蝕(むしば)み、閉ざしていった。もともと広くなかった人付き合いは一層狭くなった。休日も滅多に外に出なくなった。緩慢な引き籠もりライフの始まり。が、高校三年の後半ということもあり、家族は太郎が滅多に外出しなくなったことをさほど不思議には思わなかった。部屋に引き籠もっている太郎を、必死に受験勉強をしていると考えていたようだ。

二等船室に戻ると、受講生の大半はカーペットの上で毛布を被り寝ていた。そのほとんどが太郎よりはるかに年上の受講者たち。みんな環境の変化に疲れている。

太郎も部屋の隅で横になり、おなかに毛布をかけて目を閉じた。

海面を渡ってくる風が生ぬるく感じる。

柏木は行く手に母島の影が見え始めた頃から甲板に出ていた。

父島からたった五十キロ南下しただけなのに、ずいぶんと暑くなったような気がする。体感としての湿度は、さらにそれ以上に上がっている。

二等船室を出るとき、部屋の隅に寝転がっている浅川の姿が目に付いた。思わず一人ほくそ笑んだ。おれらの年代以上ならいざ知らず、外は相変わらずの快晴なのに、いい若いモンが辛気臭く眠っていやがる。脇を抜けるとき、そのアタマを一瞬爪先で小突いてやろうかとも考えたが、止めた。おれがそこまで図に乗れば、さすがにこの小僧も本当に怒り出すだろう。

結局は何もせず、浅川の脇をそっと抜けて甲板へと出た。

『ははじま丸』は、南北に細長い母島の西側沿岸部を南下していき、島の南部にある鮫が崎という岬を迂回して、沖港という入り江へと進入していった。

この母島で一番の人口密集地。その家並みが見えてくるにつれ、柏木は正直呆れた。

入り江の奥、両側を山の斜面に挟まれた谷の底に、小さな家屋群がへばりつくようにして存在している。数分もあれば指先ですべて数え終われるほどの集落の規模だ。それでもガイドブックによれば、この島で最も大きな集落で、島内行政の中心地だという。事実、小笠原支庁の出張所もこの場所にあるらしい。昨日見たガイドブックによれば、〝元地集落〟と呼ばれているエリアだ。町ですらない。

やれやれ。

父島だって充分に田舎だったたっていうのに、これまたとんでもなくド田舎に来ちまったもんだ……ふとブラジルで、アマゾンの辺境を訪れた時のことを思い出した。

ド田舎というより、アレだな、これは。まるで密林への最前線入植地の様相だな。

『ははじま丸』が汽笛を一つ鳴らし、ゆっくりと入り江の奥深くへ進んでいく。

次第に近づいてくる小さな桟橋には、父島のような派手な出迎えはない。おそらくは宿からの出迎え人だろう、プラカードを胸元に持った人間が五、六人ほど立っており、その周りにゴム草履に白い肌着姿の爺さんや、麦藁帽子を被った太ったオバサン、手拭を片手に提げた漁パン姿の中年男性など、いかにも地元のヒマ人と言った人間たちが十人ほど屯している。ガランとした桟橋の敷地の上を、ガキどもが数人、チョコチョコと自転車で走り回っている。

柏木は思わず苦笑いを浮かべた。公共の交通機関の発着場で、ローカル色もここまでくれば恐れ入ったものだ。ま、人口五百人の島では、期待するほうが馬鹿だ。

『おがさわら丸』のときとは違い、何のセレモニーも感動もなく、船は静かに桟橋へと着岸した。

他の十人ほどの受講者とともにトコトコと舷側のタラップを下りていく。

桟橋上にはすでに小泉たちがいる。関根も微笑しながら立っている。ぞろぞろとその前に集合する。白いコンクリートの桟橋に、太陽の照り返しが妙に眩しい。

小泉が口を開いた。

「皆さん、お疲れ様でした。では、このたび母島でお世話になります宿のオーナーの方をご紹介させていただきます」

そうにこやかに柏木たちを見回し、関根のやや後ろに立っている背の低い小太りの男を振り向いた。

「みなさん、ようこそ母島へいらっしゃいました」

と、Tシャツと短パン姿の男は、たどたどしい口調で挨拶を始めた。

年のころは三十過ぎぐらいだろうか、まだ若い。イガグリ頭の頭頂部が尖り、逆に顔の下半分はまるで大福のように膨らんでいる。小太りの体格のせいではない。顔の骨格自体が〝おにぎり型〟なのだ。ただし、小太りの体格のせいではない。ただし、その『おむすび』が短い胴体の上にちょこんと乗っかっている。柏木は危うく笑い出しそうになるのを必死に堪えた。

「わたし、皆さんに本日からお泊まりいただく『南洋荘』の黒田と申します。宜しくお願いいたします」

受講者たちも慌てて頭を下げる。小泉がふたたび声を上げた。

「それでは早速ではありますが、バスにてお宿までご案内いたします」

桟橋の隅に停まっている古ぼけたマイクロバスに、宿オーナーの黒田を先頭にして進んでいった。マイクロバスは十五人乗りほどの大きさで、すべての窓が開け放ってある。冷房がないせいもあるのだろうが、それ以上にこの母島ではクルマ盗難の心配がまったくないからだろう。

バスにはすでに運転手が乗っているのかと思いきや、無人だった。集団を先導していた黒田が、そのバスの昇降口を手で開けると、自ら運転席に乗り込んだ。

「補助座席込みで十五人乗りになっておりますから、奥から詰めてお乗りくださるようお願いいたします」

昇降口からバスに乗り込んでいく受講者に、小泉が小さな冊子を順に手渡していく。やがて柏木の乗り込む順番がきて、それを手に取ると、その冊子は先ほど父島を出発するときに言っていた母島の集落マップだった。

宿まではものの数分で到着した。到着する寸前、横に座っている浅川が集落マップを広げたまま柏木に話しかけてきた。

「桟橋から歩いても十分ぐらいですね。近いや」

その通りだった。バスが桟橋から入り江沿いに二百メートルほど進むと、袂(たもと)に大きなガジュマルの木の生えた漁船用の船着場があった。そのガジュマルの木と郵便局に囲まれた三叉路を北に曲がり、叢(くさむら)と家屋が交互に点在する閑散とした住宅地の角を数度曲がると、そこがもう南洋荘だった。十五室の部屋が一階と二階に散らばり、一階には男女別の浴場と食堂がある。

その食堂前のロビーで、柏木たち受講者のグループ分けが発表された。

「新たにできるグループは三つです」食堂の入り口に立ったまま小泉は言った。「今からそのグループ分けをこの場で発表させていただきますので、奥の指示されたお席のほうへ一度お座りください」

扉が開け放しになっている食堂には、四人掛けのテーブルが五脚あった。うち三脚のテーブルに『A』『B』『C』とプレートが立っている。

「まず、父島で一番テーブルだった方と四番テーブル、六番テーブルだった方は、Aのテーブルにお座りください」

柏木たちの中のそれぞれ違う位置から三名が進み出て、食堂へ入っていく。Aのテーブルに着いたのは三名。なるほど、と柏木は思う。つまり父島での一、四、六番テーブルの合格者はそれぞれ一名ずつだったというわけだ。

「次にBテーブルの方です。二番テーブルと五番テーブルの合格者の方、お願いいたします」

五番？　ってことはあの竹崎と一緒か。ふうん。

そう思いつつ隣の浅川と食堂の中に入り、Bテーブルに腰を下ろした。はたして竹崎が荷物を持ってこちらに近づいてくる。それとその背後から、あのデブ女……。

やあ、と竹崎はBテーブルの前に立ち、柏木を見下ろしたまま笑う。「あんたとは縁がありますな」

適当に相槌しておく。

「ま、なにかとね」

ロビーに残っていた残り四名が、最後のCテーブルに着席する。

そこまでを見届けた後、小泉がふたたび口を開いた。

「では、本日のフィールドワークに出かけるに当たり、新たに出来た各グループのリーダーを、みなさんの間で話し合って決めていただければと存じます。今後、屋外活動中でのメンバーの取りまとめやグループごとの意見を発表していただくときは、そのリーダーの方にお願いすることになります」それからちらりと食堂の壁時計を見上げた。「今、十時五分前ですね。十時までに決めていただければと存じます」

柏木たちBテーブルの四人は、思わず交互に顔を見合わせた。浅川、デブ女、そして最後に竹崎と目が合った途端、相手がにんまりと微笑んだ。

「おれは柏木さん、あんたがいいと思う」

あ。

冗談じゃねーぞ、このやろう。

思わずそう口走りそうになりながらも、柏木はかろうじて冷静に返した。

「いや、年の功からいったら竹崎さん、あんただろうよ」

いや、と竹崎は頭を振った。「なんとなーくだが、あんたがいいように思う」

くすっ、という吐息が隣から洩れた。見ると浅川が下を向いたまま笑っている。

「浅川くん、だよね」すかさず竹崎が確認するように問いかける。「きみも、そう思う?」

「そうですね」浅川はあっさりとうなずいた。「賛成です」

おいおい、おまえもかよっ。

柏木は救いを求めるように残る一人のデブ女を見た。が、柏木が口を開くより早く、

「森川さん、あなたは？」

またしても竹崎に先を越されてしまった。森川と呼ばれたデブ女は一瞬戸惑ったように柏木の顔を見てきたが、直後に視線を竹崎に戻した。

「竹崎さんがそうおっしゃるのなら、私もそれで……」

今度こそ柏木は本当に慌てた。こんなセミナーでのリーダーなんて絶対にゴメンだ。

「じゃあさ竹崎さん、聞くけど、あんたなんでおれがいいと思うんだ？　『なんとなーく』なんて理由じゃなく、ちゃんと説明してくれよ」

竹崎はにこりとした。

「たぶんさ、こういう場のリーダーってのは、あんたみたいな喜怒哀楽剝き出しのタイプが合うんだよね。相手の意見を値踏みするような冷静なタイプじゃなくて。逆にみんな安心する」

途端、隣の浅川が噴き出した。むっとして浅川を振り返る。

「じゃあそういうことで、いいですか」

竹崎が森川と浅川に問いかける。二人ともはっきりとうなずいた。

「では念のために挙手を。柏木さんでいいと思う方」

柏木以外の三人の右手がすんなり上がった。決まりだった。くそ。おれがこのへぼグループのリーダーだ。

柏木はわめき散らしたいのを必死に堪え、代わりにひとつ大きなため息をついた。

十時半に宿を出発したバスは、太郎たちの宿のある元地集落を南に抜けると、入り江沿いの東海岸をしばらく南下していった。最初の目的地であるラム工場見学へと向かっている。マイクロバスを運転するのは宿のオーナーの黒田ではなく、坂入（さかいり）という現地ガイドだった。

宿を出発するときに玄関で待っていたこの女性は、太郎の見たところ二十代後半から三十前後のすらりとした女性だった。整った顔立ちをしているが、その表情はややきつめだ。坂入と申します、と、その女性は意外に愛想良く太郎たちに挨拶をしてきた。「今日、明日とみなさんの島内ガイドを務めさせていただきます。宜しくお願いいたします」

宿のオーナーの黒田がちょこちょこと玄関から走り出してきて、坂入に先ほどのバスのキーを差し出す。坂入は黒田に少し笑いかけ頭を下げると、その鍵を片手に提げた。

太郎はその二人の所作を多少奇異に感じた。しかしすぐに納得する。たぶん狭い地域社会なのだ。父島以上に交通の便が悪いところだから、必要に応じて隣人同士モノの貸し借りをするのは、ある程度は当然の社会なのかも知れない。

ラム工場に向かう途中、坂入はバスを運転しながらも母島のガイダンスをした。

「この母島の人口は、現在五百人弱です。ですが、戦前の一九四〇年当時には、千九百人と、現在の約四倍の住民がこの島で暮らしていました。というのも、その当時は製糖・くさや・鰹節工場、漁協倉庫などが建ち並び、その従業員家族の住宅も密集していたからです。特にみなさんが今日から滞在される元地集落は、戦前は沖村と呼ばれていた地区で、千五百人弱の住民が暮らしておりました。今では船着場前の三叉路に小さな商店が二軒と郵便局があるだけですが、その当時は商店も二十軒ほどあったという話です。ちょっとした商店街ですね」

坂入は話を続けながらもバスを運転していく。太郎はふと思った。たぶんこのバスはマイクロとはいえ、大型免許がいるはずだ。ということは、この女性は黒田と同じくその免許を持っている。

バスは両側に亜熱帯の木々の生い茂る一本道を、ゆっくりと南に進んでいく。窓から吹き込んでくる風が生暖かい。元地集落を出てから対向車はまったくない。コンクリート製の道路が太陽の照り返しを受けて眩しく輝いている。

ふと、隣に座っている柏木をちらりと盗み見る。顔全体が日に焼け、赤黒くなっている。ついさっき胸ポケットから青いサングラスを取り出し、鼻梁にかけていた。この男は宿でリーダーに決まった直後からおそろしく不機嫌になった。今もそうだ。いかにも不満そうに口をへの字に曲げている。

太郎は少しおかしくなった。こうして見るとこの男、まるで赤鬼だ。

坂入の話はなおも続いている。

「さて、戦前にこの島には製糖工場があったと申し上げましたが、ご覧下さい、前方の山の斜面を。節の大きな草のような植物がたくさん生えていますね。あれがサトウキビ畑です。この島では戦前から製糖の副産物として焼酎作りが盛んでした。よりアルコール度数が高く、より美味しいものを求めて各サトウキビ農家が自家醸造を行っていました。そして小笠原が本土復帰後、戻ってきた島民の間から再びサトウキビから焼酎を作ろうという話が頻繁に出ていたのですが――」

前方に左手の山のほうに逸れていく小道が見えてきた。坂入はその小道に手馴れた感じでバスを乗り入れながら、ふたたび口を開く。

「――戦前とは酒税法が変わった問題などもあり、なかなか実現できませんでした。ですが本土返還二十周年事業として、母島商工会を中心とした小笠原村、農協からなる第三セクターが、前方右手に見えてきたラム工場を設立しました」

その言葉通り、前方右手の道路脇に小さなプレハブ造りの工場が近づいてきた。坂入はその工場の敷地にバスを進入させていき、

「ラム酒の他には、パッションフルーツを利用したリキュールを製造しています。ではみ

なさん、これから工場内にご案内させていただきます」

そういい終わった直後、バスはまるで計ったように工場にぴったりと横付けされ、坂入のサイドブレーキを引く音が車内に響いた。

おお、と太郎は感じ入った。受講者の何人かも同様の感慨を抱いたらしく、その話し終わりと停車の見事なタイミングに、ぱらぱらと拍手が湧いた。挙措（きょそ）のメリハリが利いている。

「ありがとうございます」坂入は運転席から振りかえり、ニコリと微笑む。「それでは私に続いてバスをお降りください」

案内されたプレハブ工場内に入ると、むっとした甘い香りが鼻孔を刺激した。飲んだことがないが、これがラムの匂いなのだろう。天井の高い室内には、鉄製のタンクやステンレス製の大きな樽がいくつも並び、それぞれをチューブや蒸留設備が繋いでいる。ベルト式の細長い機械も窓際にあった。甕（びん）の中に順次ラムを注入していく設備だろう。

奥の部屋から一人の従業員が出てきて、太郎たち受講者に設備の案内を始めた。とはいえ、そんなに大きな工場ではなかったから、彼の工場案内はものの五分ほどで終わった。

太郎が感じるに、全体としてあまり稼動していない小さな蒸留工場といった趣だ。ベルト式の機械は動いていないし、脇にあったステンレス製の樽の中を覗き込んでみると中身は空っぽだった。工場の隅にプラスチック製のケースに入ったラム酒が淋しそうに積み上げられていた。

一通り工場内を案内してくれた従業員が一本のラム酒を手に取り、あとはラム酒の試飲となった。めいめいが手にした紙コップにラム酒が注がれていく。不意に柏木が囁いてきた。

「飲まないのか？」

「ぼくは未成年ですよ」

太郎は今年の七月でようやく二十歳だ。大学入学当初のコンパでは飲むこともあったが、さすがにこういう酒造工場ではまずいだろうと遠慮した。それにアルコールは体質的にあまり受け付けない。すぐに酔い、さらに飲むと気分が悪くなる。

「なるほど」

そううなずいた柏木のコップにラム酒が注がれる。つうん、と甘いアルコール臭が漂ってくる。柏木が一口飲み、ふむ、という顔をしてかすかに首を傾げた。が、太郎にはその仕草が、美味しいからそうしたのか、それとも不味いからそうしたのかは分からなかった。

「若干舌を刺しますし丸みも足りませんが――」と、ガイド役の従業員が笑いながら口を開く。「業績が好調になり次第、新たにシェリー樽を買い求めるつもりです。その際はさらに美味しくなります。みなさん出来ましたら売り上げへのご協力、お願いいたします」

その苦味を含んだ冗談ともつかぬ冗談に、受講者からかすかに笑い声が上がる。

工場内の熱気と甘い匂いに、息をしているだけでも酔いそうな気がした。少し新鮮な空気を吸いたいと思い、太郎は一足先に工場の出口へ向かった。受講者たちの試飲はしばらくはかかるだろう。外の日陰で涼んでいるつもりだった。

外に出た。木々を抜けてきた風のそよぎが気持ちよかった。太郎の背中をシャツ越しに、ひんやりと冷やして通り過ぎる。そのままぼんやりと工場の日陰で涼んでいると、外の小道をこちらに向かって近づいてくる小柄な影がある。

「やあ」

と、その影は片手を上げ、太郎の横までやって来た。先ほど相手が太郎の名前を知っていたように、太郎も父島での講義中、この男の名前をなんとなくチェックしていた。竹崎という。少し気になる初老の男だった。

宿でのミーティングのあと、すぐに部屋割りの発表があった。この竹崎と相部屋だった。荷物を置きに一緒に二階の部屋まで行き、お互いに軽く挨拶を交わした。よろしくね、太郎くん。そう、いきなり下の名前で呼んできた。ま、相部屋同士楽しくやろうよ。

その飄々（ひょうひょう）とした言い方に太郎は好感を持った。

「みなさん試飲やってますよ」太郎は呼びかけた。「飲まないんですか」

「飲めないんだ」すぐ目の前まで来て、竹崎は答えた。「強い酒はね。で、外をぶらぶらとしていた」

太郎はうなずきながらも思う。この男、先ほどはずいぶん柏木に気安い口をきいていた。あの男をむっとさせるのも平気だった。太郎には怖くてとうてい真似できない。

「柏木さんとは親しいみたいですね」

竹崎は太郎の横にしゃがみ込みながら少し笑った。

「そんなに親しいわけじゃないよ」言いながらも足元に落ちていた小枝を取り、その先で地面に意味のない模様を書く。まるで子どもの仕草だ。「ただ彼は、なんというか、面白い。だからついちょっかいを出したくなる」

太郎は笑った。その言わんとすることは、なんとなく理解できる。

「でもさっきはあの人、危うく怒り出しそうでしたよ」

「こういうセミナーの場だ。さすがに怒りだしゃしないさ」

「竹崎さんは、なにをされている方なんですか」

「なにもしていないよ。定年退職のヒマ人。君は？」

「一応、大学生です」太郎は答えた。「休学中ですけど」

「そうかあ」あっさりと竹崎はうなずく。「ま、君も色々と考えることがあるんだろうねえ」

そのいかにも無責任かつ気楽な言い方。でも嫌味ではない。太郎はもう一度笑った。

背後の工場から人声が聞こえてきた。振り返ると出口から受講生たちが出てきている。太郎と竹崎は立ち上がった。

「お、なんだおまえら」柏木がそう言いながら近づいてくる。「姿が見えないと思ったら、こんなところで油売ってたか」

日中から酒を少し飲んだせいか、柏木の機嫌はやや良くなっているようだ。

「どうだった、味は？」

竹崎が問いかける。柏木は顔をしかめた。

「ま、これから、ていうところだな。ステン缶ということもある」

バスの横に立っている小泉の、相変わらずの軽やかな声が聞こえてくる。

「はい。ではみなさん出発でーす。バスにお乗り込みくださーい」

ラム工場を見学した後、バスはゆるやかなアップダウンのつづく道路をさらに南下していった。次の目的地は、この母島の最南端にある南崎という海岸だ。

由香の隣には竹崎が座っている。坂入が運転しながら話をつづけている。

「南崎に行くには、クルマの通れる道路はその途中までしかありません。そこから先は徒歩で、森の中の小道を歩いていきます。片道四十五分ぐらいかかります。この母島で最も美しい海岸だと言われていますが、便が悪いのが難ですね」

そうあっさりと言ってくれる。

由香は最初の案内書でこの日の予定を見たときから多少心配だった。片道四十五分ということは、往復一時間半だ。この十年ほど、そんな距離は一度も歩いたことがない。しかも上り下りの勾配がかなりきついジャングルの山道だという。

出発前の東京で、由香は思った。母島の日程まで残っている受講者は、セミナーに最後まで参加する合格者だ。本人が希望すれば就職斡旋もやってくれる。その就職先へ紹介するための基礎体力のさりげない観察もあるのだろうかと、つい想像を膨らませた。だから、この日のためになるだけ歩き易いトレッキングシューズと通気性のいいトレーニングパンツを新調してきた。

ラム工場を出発して五分ほどで、道路の終点まで来た。ゆるい下り坂がつづいた先に、ロータリーのような丸いクルマ廻りがあり、周辺に低い棕櫚の木が自生している。そこから先は、尾根伝いにどこまでもこんもりと繁っている亜熱帯の密林があるだけだ。

ロータリーの隅にバスをかっちりと横付けして、坂入が言った。

「はい、みなさん到着です。お弁当と飲み物を出発前に手渡しますので、忘れずにお取りください」

バスから出ると、先に降りた受講者たちが弁当とペットボトルを受け取っていた。由香も坂入から差し出されたビニール袋を手に取り、背中のデイパックに入れる。

「ではみなさん、出発しますがよろしいですか？」いつの間にか黒いキャップを被った坂入が、由香たちを見回しながら言った。「A、B、Cのグループ順について来ていただければと存じます。各グループのリーダーの方はそのグループの最後尾を、女性の方は、そのグループの先頭をお歩きください。みなさんのペースを見て、私も歩く速度を調整させていただきます」

由香たちは坂入に従って陽炎の立つロータリーを横切った。森の中へと一歩足を踏み入れた。途端にむっとする熱気が地上から湧き上がってくる。とんでもない湿気だ。歩き出して百メートルも進まないうちに、早くも頭がくらくらしてきた。

最初はやや下り坂だったから楽だったものの、山道は次第に上りの勾配になっていった。

少しずつ先頭のAグループから離されていく。自分の後ろを振り返ると、竹崎、浅川、柏木の順でぴったりとついてきている。Cグループの先頭も、柏木のすぐ背後を歩いている。ようは自分が遅いのだと悟る。少し焦り、無理やり歩くペースを早めた。

そんな調子で必死に頑張り続けたので、南崎の海岸に山道から降り立ったときには、すっかり膝が笑い、呼吸も上がっていた。坂入がときおり由香を心配してペースを緩めてくれたにもかかわらず、だ。我ながらつくづく情けない。

首筋から背中にかけてはもう滝の汗で、Tシャツがべっとりと貼りついている。

しかし、目の前に広がった風景はとても美しかった。エメラルドグリーンの浅瀬の広がる半月形の湾。その湾の中心部に、ぽこりと小さな島が浮かんでいる。水も異常に透明度が高い。水面下の岩礁の影がゆらゆらと揺れ、その岩礁の上を無数の小魚が泳いでいる。

波打ち際に立っている坂入が、湾の前方左手にせり出している小高い山を指差した。

「あの山を、地元の人間は『小富士(こふじ)』と呼んでいます。緯度と経度の関係から、人が住んでいるエリアとしては、日本で最も早い初日の出が見られる場所です。ですから毎年元旦になりますと、多くの登山客で賑わう場所でもあります」

言いつつ、今度はその腕を湾の洋上に向けた。

「目の前の小島の向こうに、もう一つの大きな島が見えますね。遠目で分かりにくいかも知れませんが、島の上を鳥が飛んでいます。あれは鰹鳥島(かつおどりしま)と申しまして、文字通りカツオドリの繁殖地になっている島です。春から夏にかけてがその繁殖時期ですから、今がちょうどその時期に当たります。親鳥たちは、雛(ひな)のためにああして水面下の小魚を探して飛び回っているのですね」

その浜辺で午後一時まで昼食兼の中休みとなった。

なんとなくではあるが、それぞれのグループごとにかたまり、弁当を食べ始めた。Aグループには小泉が混じり、Bにはガイドの坂入が入り、Cには関根が参加して昼食をとり始めた。

「しかし坂入さん、あなた運転がうまいですなあ」弁当をパクつきながら竹崎がさっそく口を開く。「さっきのロータリーでも、一発の切り返しでピタリとバスを隅に寄せる。つくづく感心して見てました」

　すると坂入は微笑んだ。

「昔、仕事でトラックを転がしてたんです」

「ほう」と、さらに竹崎が感心した声を上げる。「『転がす』とは通な表現ですね。長距離ですか」

「中距離のトラッカーでした」坂入は答える。「銚子や大洗などで水揚げされた魚を、築地まで運んでいました」

「それはそれは」

　と、何度かうなずいた竹崎の横から、今度は柏木が口を挟んできた。

「いつ、こっちに来たんです？」

「五年ほど前ですね」これにも歯切れ良く坂入は答える。「ありがちなパターンですが、私もマリンスポーツ――サーフィンが趣味でした。何度か来るうちにここに住みたいなと思い始めて、それでガイドの職を見つけて住み着いたんです」

「たしかにいいところですもんねえ。ここは」と、竹崎は深々と相槌をうつ。「海が好きな人にはたまらんでしょ」

「でも、最近はとんと海にも入らなくなりましたね」

「仕事、お忙しいんですか？」

と、今度は浅川が遠慮がちに口を開いた。

いいえ、と坂入は首を振った。「今は子どもの世話で忙しいものですから」

ん？　と由香は思った。

ということは、この小笠原にやって来てから結婚したということらしい。つい口を開いた。

「でも良かったですね。いい人と知り合われたようで」

すると坂入はあっさりと笑った。

「もう離婚しました。子どもが出来てすぐに」

あっ、と慌てた。

す、すいません、と思わず口走った。「ごめんなさい。変なこと言って」

「いいんですよ」と、しかし坂入はもう一度笑う。「離婚を切り出したのは私ですから」

竹崎が聞いた。

「じゃあ今はこの島で、ガイドをしながら一人で子育てを？」

「はい」と坂入はうなずく。「夜のトラックの運転に戻っても、子どもの面倒は見られませんしね。別れた相手も住んでいますし、こういうときには相手の両親に面倒を見てもらっています」

「なるほど」竹崎がうなずく。「見ず知らずの土地で、逞しいですな。あなたは」

「そうでもないですよ」坂入は淡々と答える。「私のような女性は、この小笠原には意外と多いです。それに、ここにやって来てから今までのことは、すべて自分で決めてきたことですしね」

竹崎は束の間坂入を見つめた。

「だから後悔はない、と」

「ないですね」

うむ、と竹崎が再びうなずく。

「いい感じだ、あなたは」

「坂入さん」と、柏木が含み笑いをしながら口を開いた。「このオッサンには気をつけたほうがいいですぜ。こう見えて、なかなか女性には手が早いらしい」

やや驚いた様子で、坂入が竹崎を振り返る。

「そうなんですか?」

「なわけないでしょ」竹崎は顔をしかめる。「たちの悪い冗談ですよ。この男の」

わはは、と柏木は笑った。

柏木さん、と浅川が呆れた声を出す。「さっきの仕返しだとしたら、あまりにも大人気ないですよ」

「ばーか」柏木はなおもにやにや笑っている。「おれがそんな子どもじみた真似するかよ」

「するじゃないですか」

「だっけか？」

「ぼくのことを変なふうに呼んだり」

「数回だけだろ。キミはホントに器がちいさいねー」

「それは柏木さんでしょ」

由香は感じる。男たち三人は、この柏木を中心にいつの間にかけっこう仲が良くなっているらしい。……私は今日からこの輪の中に入っていけるだろうか。

「ところで、どうなんです。実際に何年か住んでみて、この島での住み心地は？」

竹崎が話題を変えた。

「本土ほどいろいろな物資も食材もないですし、色々と不便なことはありますが、でも島での暮らしはそういうものだと思えば、悪い生活ではないです」坂入は答えた。「治安もいいですしね。数年前にコソ泥が出たときのことが、まだ島民たちの間で語り草になっているくらいですから」

ははあ、と竹崎は納得した様子だ。「それで、見かけたクルマというクルマの窓が開いているんですね」

「鍵だって付けっぱなしの人も多いですよ」

「この島のメインの通りって――」と浅川が口を開いた。「あの船着場の三叉路の付近ですよね」

「恥ずかしながら、そうです。郵便局が一軒と、個人商店が二軒、それで終わりです」

「ふうん」浅川は少し首を傾げた。「でも通りには全然人が歩いていなかったなあ」

坂入は笑った。

「日が高いうちはあまり人は出てきません。みんな暑がりですし、実際ここは暑いですからね。船着場の袂に大きなガジュマルの木がありましたよね。夕方になると、ぶらぶらとあの木の下まで歩いてきて涼んでいる人がけっこういますよ。仕事帰りの住民たちです。時には夜遅くまで話し込んでいる姿を見かけることもあります。でも、集まっているのは新島民や臨時島民が多いですね」

似たような話を、どこかで聞いたな、と由香は思う。

そうだ。あの谷繁というガイドの話だ。たしか父島の青灯台でもそんなことがあるようなことを言っていた。この小笠原にやってきた男女の知り合う社交場でもある、と。

なんとなく由香は焦っていた。

みんな今、このガイドさんと和気藹々（わきあいあい）と話している。私だけが蚊帳（かや）の外に置かれているような気がする。何か喋らなくては。さっきの失態を取り戻さなくては……。

「一種の社交場ってことですよね」由香はついそんな言い方をした。「坂入さんも以前はよく行かれていたんですか?」

「いえ……」なにを感じたのか、坂入は少し言いよどんだ。「私はあまり行きませんでしたね。集まってくるのはほとんどが男性ばかりですし、なんとなく行きにくいというか……」

ほぼ同時に男たちも急に下を向き、無言になった。

由香は急に不安になった。私、何かいけないことを言ったのだろうか。

……すぐに悟った。

ああ、これではまるで、この坂入が出会いを求めて行っていたのかと言わんばかりだ。

だから坂入は言いよどんだのだし、男たちも微妙にその失礼な意味を感じ取って黙り込んだ。

まったく私は不用意極まりない。なんで私が何か言うと、いつもこうなってしまうのだろうか。自己嫌悪の極みだ。

ふう。

ああ疲れた――。

半日のフィールドワークを終え、宿に帰ってきたときには、柏木はもうクタクタだった。

南崎のあと、評議平(ひょうぎだいら)グランドとその崖の下にある御幸之浜(みゆきのはま)というビーチまで下り、海岸周辺を見学して帰ってきた。断崖の壁面の地層を示して坂入が何か説明をしていたが、柏木にとってはそんなものはどれも同じに見えた。もうその時点でとんでもなく汗みどろの上、心底疲れ果てていた。なんでそんなにぐったりとしてしまったのかは、思い出したくもない。

とにかくこのどろどろの服を脱ぎ捨て、早くひとっ風呂浴びたいと思った。

まだみんな帰ってきたばかりで、おそらく男湯には誰もいない。

出発前のミーティングで分かった。この父島で一人部屋を希望している人間は、男では柏木一人だ。まだ野郎どもはそれぞれの部屋で相部屋になった相手と、今日の感想をまったりと話し込んでいるだろう。だったら早いほうがいい。おれの背中には唐獅子(からじし)の紋々が所狭しとうろついている。若気の至りだ。誰もいないうちに早く入るに越したことはない。

実は、柏木が宿や船舶での一人部屋にあくまでも固執する理由は、この背中に宿る動物のせいだった。誰かが見たとして、あまり気持ちのいいものではないだろう……。

部屋の中で下だけ短パンに穿き替えると、新しいシャツとパンツと、タオル、それに洗面用具を持ち、さっそく一階の男湯に急ぐ。

案の定、男湯にはまだ誰も来ていなかった。狭い脱衣場で汗みどろの服を脱ぎ捨て、浴場へと入る。まずシャワーをざっと浴び、局部に液体ソープを付けて軽く洗い、それから湯船に飛び込むようにして浸かった。

出発前のミーティングで、この小さな男風呂がジェットバスだということは聞いていた。浴槽脇のボタンを押す。途端に湯船の四方八方からジェット噴水が勢いよく出てくる。ガチガチになった太腿（ふともも）と脹脛に流水が心地よく当たる。

ふう——ようやく人心地付く。窓から差し込む西日の中に水蒸気が湧き立つのを眺めながら、それにしても、と軽く舌打ちをする。

あの森川とかいう女、とんでもないブタだ。

どれくらいブタかというと、とにかくその場の状況や、その時々の話題の危険度というものがまったく読めないぐらいのブタ以下だ。

話し相手から子どもの話や結婚の話題が出たときは、その話題の行き先が読めるまで言葉を控えるというのは、ある程度世故（せこ）に長けた大人なら常識中の常識の接し方だ。以前サービス業に従事していた関係もあるが、元ヤクザの柏木でもそれぐらいの配慮は心得ている。それが、あの女はいい歳をこいてまるで出来ていない。しかも一度で懲（こ）りたのならまだしも、短い昼食の間に二回もヘマをしでかしやがった。まったくどうしようもない。

あれだ。たぶんあの女、社交能力はゼロのタイプだ。間違いなく思い込みの強いタイプ。その勘違いで現実を常に歪（ゆが）んで捉える。本人もそれで相当苦労してきている。たぶん人間関係で仕事もうまくいっていない。それでこんなセミナーに参加してきた。

が、——

湯船に浸かったまま、柏木はもう一度大きなため息をつく。

それだけですんだのなら、まだしもだった。

南崎からのジャングルの帰り道も、森の中の山道をさんざん歩きに歩き詰めだった。その時点ですっかり柏木の息は上がっていた。前方の竹崎や浅川も、柏木以上に肩で息をつき、ときおり足元がよろけていた。無理もない。アップダウンの激しい山道……しかもその道程の約半分は、斜度のきつい丸太の階段だ。往路でさえそれを乗り越えていくのはけっこうな骨折りだったのに、復路ではさらに往路分の疲れが重くのしかかってきた。午後になってますます強烈になった陽光のせいで、地表から耐え難いほどの湿気が立ち上ってくる。まるで低温サウナ状態だ。梢を容赦なく通り抜けてくる頭上のクソ太陽に、地表のすべての湿気を根こそぎ奪い取ってやるぞ、というような悪意さえ感じた。

緩い坂を下りきったところで、『ロータリー　七百メートル先』の標識が立っていた。ついほっとする。と同時にウンザリする。行く手にはふたたび長い丸太階段の上り坂が延々と続いていた。

「みなさん、きついですがもうひといきですよー。頑張ってくださーいっ」

先頭を行く坂入の声が聞こえた途端、三人前のでかい頭が不意に消えた。と同時に、浅川と竹崎がつんのめるようにして足を止めた。

その時点で、柏木には何が起こったかほぼ見当がついていた。

数歩進んで浅川を脇に押しのけてみると、案の定、あのデブ女が路肩の叢に倒れ込んでいた。バケツの水を被ったように全身汗みどろだ。吐く息が荒く、意識も朦朧(もうろう)としているようだ。たぶん「もうひといき」という声を聞き、一気に安心するとともに急に意識をなくした。過度の疲労とこの暑さに脱水症状を起こしている。

結局はバスまでの残り七百メートルの上り坂を、スタッフの関根とBグループリーダーである柏木で交互に背負って運ぶことになった。だが関根は線が細い。力もあまりなさそうだ。しかたなく残りの道程の半分以上を、柏木が歯を食いしばって背負う羽目になった。

しかし。

——重い。

とてつもなく重かった。たぶんこのデブ女、七十キロは優に超している。しかも道は丸太階段の斜度のきつい上り。ただでさえ体力の限界に達しつつあったのに、最悪だ。途中、本当に何度かめまいを覚えた。過度の加重に両膝もガクガクとする。

「柏木さん、大丈夫ですか」

途中、前の浅川がいかにも心配そうに後ろを振り返った。

だったらてめえが代わりに背負ってくれんのかよっ。

思わず毒づきそうになったが、言葉にする気力もなかった。ああ、と荒い吐息とともに情けない返事を返しただけだ。

容赦ない湿気と熱気。ふたたび頭がくらりと来た。気分が悪い。吐き気も覚えた。背中に載っている脂肪の塊に、どんどん憎悪が膨らんでいく。

こいつ……。よりにもよってこんな山の中で倒れるたあ、とんでもねえ雌豚だ。

それでも柏木は関根と交代で森川をロータリーまで背負い続けた。

湯船に浸かったまま、柏木はふたたびため息をつく。

……ったく、今日は本当に災難だった。

しかし、ほんのちょっといいこともあった。

帰路のバス内で、関根と小泉が小声で話し合っているのをなんとなく目にしてはいた。宿に到着して受講者たちが解散した直後、小泉が話しかけてきた。

「あのう、もしよろしければ私たちと今夜、夕食をご一緒しませんか。少し遅くなりますけど」

ようは、関根を手伝ったお礼に、晩ご飯を誘われた。

――ふん。つい腹の中で笑った。ま、いい。受けよう。

たしかにあの小泉はなかなか好みだが、それ以上に今の柏木には今回のセミナーに関して質問したいことがある。

だから今夜、それとなくその質問をぶつけてみるつもりだ。

七時半ごろからの晩ご飯でも大丈夫ですか、と小泉から聞かれ、うなずいた。関根と携帯の番号を互いに教え合ったあと、宿の玄関をくぐった。

宿の玄関に入ると浅川と竹崎が狭いロビーのソファにいた。

「柏木さん、さ」と、竹崎が座ったまま微笑んできた。「前に言っていたけど、今日ぼくらと一緒に飯を食いに行こうか」

ぼくら、とはつまり隣の浅川も含んで、ということだろう。

浅川の顔を見遣ると、相手もこっくりとうなずいてきた。

また腹の中で笑う。たぶんこいつらも、あのデブ女を柏木が一人で背負って行ったことに対して、何かしらの感謝の念を示したい。しかも柏木を無理矢理リーダーにした罪悪感も多少覚えている。たぶん竹崎は、おれの飯代を持つつもりだ。

「悪い」柏木は苦笑して答えた。「今日は先約が出来た」

ほう、という表情を二人は浮かべた。

「スタッフ二人と飯を食うことになった」柏木は事情を説明した。「明日の夜じゃどうだ？」

竹崎が浅川を見る。

「ぼくはそれでいいですよ」

浅川が答える。

「じゃあ、そういうことで」竹崎がこちらをふたたび振り返り、笑った。「今日は、ホントにお疲れさん」

仕方なく柏木はふたたび苦笑した。

「いいさ、すんだことだ」

湯船脇の電光パネル。気がつくと五分以上お湯に浸かっていた。そろそろ他の人間もやってくる頃だと思い、湯船から出る。この背中を見られたくはない。

急いで頭を洗い終え、顔を洗顔ソープで洗い終えたところで、脱衣場の物音に気づいた。やばい。咄嗟に風呂椅子から体を捩(ねじ)り、入り口から背中が見えないようにしかけた。

が、

「失礼しまーす」

一瞬だけ遅かった。

柏木が完全に正面に向き直るより早く、中年の男性が浴場に入ってきた。禿(はげ)の親父。Cグループの男だ。柏木は慌てた。間違いなく脇腹から背中にかけての紋々を見られた。

予想通り相手がちらりと驚いた表情を浮かべた。思わず狼狽(ろうばい)する。くそ、やっぱり湯船にゆっくりと浸かりすぎた。しかし直後には、相手は柔らかな笑みを浮かべた。

「今日はご苦労様でした」

「え？」

「たいへんだったでしょう。あんな重い女性を」

「あ。いや」

少し落ち着いて相手を見る。

「私、山口と申します。栃木で牧師をやっています」

「あ、はい」

そう答えた直後、不意に柏木は腹を決めた。

ええい。貧乏臭くうろたえるのはかえってみっともない。正直に言ってしまえ。

「ぼくは柏木と言います」そう一言いい、両脇を大きく開けて見せた。「ご覧のとおり、元々は暴力団員でした」

相手はそんな柏木を束の間見つめていたが、

「なるほど。そうですか」と、平然とうなずいた。そして軽くシャワーを浴び、湯船に入ると、その禿げ頭に手拭をペラリと被せた。

「でも、今はもう堅気ですよね」

「え？」

相手は穏やかに笑った。

「威張ることでもないが、かといってコソコソと恥じ入ることでもないでしょう」

「はい」

ふう、と山口は吐息を洩らした。

「しかし、今日は疲れましたな」

ふと気づき、浴槽脇のジェットバスのボタンを押してやった。ゴボゴボと泡が噴き出し始めたのを見て、山口は少し驚いた表情を浮かべ、それからにっこりと微笑んできた。

「ありがとう」

「いえ――」言葉少なに柏木は答えた。「じゃあ、ぼくはこれで上がります」

それから付け足した。

「どうも」と。

本当は（どうも。気遣ってもらって）と言いたかった。が、照れて言えなかった。

湯船に浸かったままの相手は、ふたたび白い歯を覗かせた。

「夕食は宿ですか？　もしよければCグループの人間をご紹介しますよ」

「すいません」正直に柏木は答えた。「今日は外で先約があるものですから」

そうですか、と相手はうなずいた。「では、またの機会に」

「はい」

軽く頭を下げると、柏木は風呂を出た。脱衣場に戻り、タオルで体を拭うと、まずは上半身に素早くシャツを着込んだ。パンツと短パンに足を通し、脱衣場を出た。

廊下を二階への階段へと進みながら、少し微笑む。

なんだか今日は、やたらと晩飯の誘いが多い日だ。そして色んな立場の人間が、このセミナーには参加している。

六時前に太郎と竹崎は一階の風呂から戻ってきた。

部屋に戻ると、太郎は気を利かせて南と西の窓を開けた。夕方になって少し風が出てきたようだ。棕櫚とガジュマルの葉がさらさらと涼しげな音を立てている。まだ茜色の空は充分に明るい。

「ふう。やっぱり風呂は気持ちいいね」

言いながら竹崎はハンガーに手拭を干した。

「ですね」同じく手拭を干しながら、ふと思い出して聞いてみる。「夕食って、何時からでしたっけ？」

「ん。たしか六時半から八時の間に食堂に行けばいいようなことを言っていたな」

柏木に晩御飯を断られたあと、太郎と竹崎はその足で食堂に行き、宿の晩御飯を予約していた。

部屋に備え付けの団扇でパタパタと仰ぎながら、竹崎が言った。

「その前に、ちょっと夕涼みがてら、外をぶらついてみようか？」

「あ。いいですねえ」

一階へと降り、玄関を出る前にちらりと食堂を覗いた。

奥の厨房では、アルバイトらしき中年のオバサンと若い女の子が、忙しく立ち働いている。が、宿のオーナーである黒田の小太りの姿は見えない。

太郎はその厨房の脇にあるホワイトボードを見た。夕食の予約者数は太郎と竹崎を含めて七名。名前が書いてある。見ていくと、受講者のうち柏木と森川、そして女性二人の名前がなかった。

「森川さん、あまり食欲がないのかな?」

横に立って同じようにボードを見ていた竹崎がつぶやく。

南崎から評議平に向かう帰路のバスの中、小泉と関根は最後尾のシートに横たわった森川をつきっきりで看病していた。受講生たちを評議平グランドに降ろしたバスは、この三人を乗せ、いったん宿に帰っていった。

御幸之浜からふたたび海辺の坂をグランドまで上ってきたときには、バスは小泉と関根を乗せて戻っていたが、そこに森川の姿はなかった。

たぶんスタッフ二人は、安静を見届けた後に戻ってきたのだろうと思った。

二人連れ立って外に出た。ぶらぶらと港のほうに向かって歩いていく。

元地集落は、その東西に位置する小高い丘の谷にある。そして南の方角に海が開けている。

西の稜線にかかった夕陽の照り返しを受けて、住宅街のそこかしこがオレンジ色に切り取られている。相変わらず閑散としている。坂入が言っていたのとは少し違うようだ。

しかし道を五分ほど南に下っていき、磯（いそ）の匂いが濃厚になり、通りの先に漁船の繋がれた桟橋がはっきりと見えてくるにつれて、遠くの道やブロック塀の向こうにちらほらと人影が見えるようになった。さらに海際の三叉路のほうに進んでゆくと、桟橋のほとりのガジュマルの大きな冠樹が、右手にある漁協売店の脇から見えてきた。

と、その向かいにあるこぢんまりとした農協の売店から、五頭身の小男が軽く頭を下げながら出てくる。

おや、と太郎は思う。黒田だ。でも食材の買出しにしては手に何も持っていない。

「あ、どうも」

そう言って黒田は軽く頭を下げてくる。

「なかったんですか」竹崎が気軽に話しかける。「お目当てのものが？」

「いえ。そういうわけではなかったんですが」と、黒田は竹崎の質問に少しまごついたようだ。「……シフトの確認に来たもので」

「シフト？」

「実は、宿がヒマなときは、ここで働いているんですよ」

え、と思わず太郎は口にした。「誰がです？」

「ボクです」黒田はその顔にいかにも気の弱そうな笑みを浮かべた。「来週の確認に来たんです」

ふうん、と太郎は内心思った。食事作りにバイトを雇っている宿のオーナーが、その暇な時期は地元の売店に雇われてさらにバイトをしている。つまりはそのお金の一部が、今厨房で働いている女性たちに流れている。なんだかとても不思議な構図だ。この奇妙さも、母島の小さなコミュニティならではかも知れない。

「じゃあすいませんけれど、配膳もありますのでまた宿で」

そう言って、太郎たちに頭を下げてきた。

おおい、クロちゃん。

近くから声が聞こえた。見遣ると、ガジュマルの木の下に数人の男が屯している。坂入の言ったとおり、夕涼みをしているのだろう。そのうちの一人、三十前後の鬚面（ひげづら）が、黒田に向かって呼びかけてきた。

「今度の集会、来るかー」

あ、うん、と黒田は笑顔を見せて答えた。「行ければ行くよー」

それから再び太郎たちを振り向き、じゃあ、と頭を下げて宿のほうへ足早に戻り始めた。

太郎たちは桟橋に向かって歩いていく。ガジュマルの木陰に屯している数人の男は地元民だろう、少し控えめな笑みを浮かべたままこちらを見ている。資源の少ないこの島。観光客は貴重な現金収入源だ。そのぶんだけ好意的なのかも知れない。

「こんにちは」

そう先ほどの鬚面の男が話しかけてくる。

こんにちは、と太郎は応じながらも、この時間帯、まだ小笠原では『こんばんは』ではないのだなと感じる。

「夕暮れになるとずいぶん涼しくなりますね」

竹崎がさっそく声をかける。とにかくこのおじさんは、物怖(ものお)じということを知らない。

「ええ」と、鬚面は答えた。「『南洋荘』にお泊りですか？」

「明後日まで二泊です」竹崎が返す。「集会ってのは、青年団か何かの集まりで？」

「はい。とは言っても、何も行事がないときには公民館や浜辺でお酒を飲みながらワイワイ騒ぐだけですけど」

その少し傍観者的な視点。太郎はなんとなくこの鬚面の男は地の人間ではないと感じる。

「青年団の人も、けっこう本土から移り住んできた人が多いんですか？」

気がつけばそう聞いていた。

「はい。ぼくもそうです」鬚面はその右腕を軽く後方に向けた。「ここにいる二人もそうですしね。三十代以下の大人は、今ではもう島外からの人間が多くなっているんじゃないかな」

なるほど。今この島のコミュニティ活動を実質的に動かしているのは、彼ら新島民なのだろう。

「クロちゃんだってそうだよな」

鬚面の背後にいたのっぽがもう一人の小柄な男に話しかける。

「うん。居続けてくれてよかった」

小柄な男はそうつぶやくように答えた。するとのっぽは少し意味深に笑った。

「宿まで建てて、『はい。やっぱり民宿やめます』ってわけにもいかないよ」

「いいじゃんか」鬚面の男がのっぽを振り向き、口を尖らせる。「ようやく持ち直してきてんだ。それが大事だろ」

「マキちゃん？」のっぽが笑う。「無理だよ」

鬚面はかすかに顔をしかめた。

「そういう心持ちになったことが、いいことなんだよ」

「今は止めよう、そんな話」

小柄な男が太郎たちをちらりと見ながら口を挟む。そして、

「あそこの晩ご飯、美味しいですよ」と、話題を変えるようにして太郎たちに話しかけて

くる。「でも、焼き物にしても煮物にしても、出来立て以外の時は電子レンジで温め直すだけですから、できれば調理後すぐに食べられたほうが、より美味しいですよ」

太郎は腕時計を見た。六時二十分。

横を見ると竹崎も腕時計を覗き込んでいる。

「太郎くん、そろそろ戻ろうか」

「はい」

二軒の向かい合った売店を抜け、そのまま宿に向かって引き返し始める。

空き地にポツンと立っている公衆電話ボックスの脇を通り過ぎたとき、ポツリと竹崎が言った。

「あの『南洋荘』のオーナー、ここに移り住んだ頃に何かあったみたいだね」

少し考えて、太郎は竹崎に聞いた。

「ふつうペンションって、夫婦で始めるものですよね」

「だと思うよ」

言葉少なに竹崎は答える。太郎はまた考えた。

ということは、先ほどのガジュマルの下での彼らのやり取りから考えて、たぶん黒田にはここに来たときには奥さんがいたのだろう。しかし、何らかの事情で彼女はいなくなった……。

不意に竹崎がつぶやいた。

「マキちゃん、か……どうかな」

「え？」

「あ、いや。何でもない」

竹崎は苦笑いを浮かべた。


宿に着き、食堂を覗いてみると、黒田が額に汗を滲ませながらテーブルの上に配膳をしている最中だった。

ただいま戻りました、と太郎が声をかけると、

「すいません。もう少しで準備が整いますんで、そうしたらお声をかけさせていただきます」

と、ぺこりと頭を下げてきた。相変わらず気弱そうで、かつ腰が低い。

ひとまず荷物を置きに部屋に戻ることにした。

窓を開け放ったまま出てきた部屋の中は、三十分前よりさらに涼しくなっていた。南と西にある窓。風通しがいい。

「太郎くん、ちょっとトイレ行ってくる」

言い残して竹崎が部屋を出て行く。

荷物を畳の上に置きかけ、ふと気になり、ファスナーを開けた。到着時にもらった集落マップ。その裏には定食屋や売店などの島内情報が載っていた。

集落マップを取り出して、その裏を見る。宿泊施設一覧、飲食店やお土産店一覧、島内の観光ガイド名一覧が付いている。その六、七名のガイド名の一覧を、上から順に見ていった。

あった。坂入。坂入真希子(まきこ)となっていた。

なるほど、と太郎は少し笑った。たぶん竹崎は、この坂入の下の名前まで知っていた。本当かどうかは分からないが、柏木によると彼は相当な女好きらしい。あのガイドが宿に来たあと、興味をもって集落マップで調べていた。だから先ほど「マキちゃん、か……」とつぶやいた。

竹崎がトイレから戻ってきたと同時に、下の階から、

おまたせしました。お食事になりまーす。

という黒田の声が響いてきた。

「じゃあ、行こうか」

その竹崎の呼びかけに、ええ、と笑って畳から立ち上がった。

——ました。お食事になりまーす。

という ドアの外からの呼びかけで、由香はふたたび目を覚ました。

ゆっくりと瞼(まぶた)を開けて、窓の外を見る。梢の上に見える空。濃いオレンジ色に染まっている。

……最低だ、あたしは。

つくづくそう思う。

昼食のときにBグループのみんなに気まずい思いをさせた挙句、帰路ももう少しというところになって倒れた。しかも私をバスまで背負って行ってくれたのは、関根とあの男、柏木だという。

あの男は同じグループになったときから、私のことを冷ややかな目で見ていた。リーダーに決まったときにも、（この、なんの自主性もないデブが）という目で見られた……ような気がしていた。それでもあの男は、リーダーとして仕方なく私を背負った。

おそらく彼は、私のことをとんでもないデブ女だと思っている。見るからに獰悪(どうあく)そうなあの男……もう私のことなど徹底的に疎(うと)んでいるだろう。

天井を見上げたまま、つい小さなため息が出る。

しかし、問題はなにも柏木だけではない。

私が倒れたことで、小泉と関根はそれ以降の午後の予定を坂入一人に任せっぱなしにして、私を宿まで送り届けてくれた。宿でしばらく看病までしてくれた。問題なのは、たぶんその間のフィールドワークで、他の受講生たちは何かと不便があっただろうということだ。

面目(めんぼく)ない。つくづく、情けない。

四時過ぎにフィールドワークが終わると、ふたたび小泉と関根が、そして黒田も部屋にやって来た。気分はどうかと言う。もうずいぶんいいです、と由香は答えた。

事実そうだった。部屋に戻ってきてからエアコンをガンガン利かせ、かつ水を絶えず飲んでいたせいで、脱水症状はずいぶんと軽くなっていた。以前にも夏の暑い日など、よくこういうことはあった。あとは黙って寝ていれば自然によくなる。

夕食は断った。布団の中から窓の外の夕暮れを見上げたまま、だいじょうぶ、と思う。一食抜いたところでなんということもない。私の体にはただでさえエネルギーと脂肪が充分に備蓄(びちく)されている。無理にご飯を食べるより、このまま朝まで静かにしているほうが、はるかに良くなる。

それよりも気になることがあった。

先ほどから妙に右後頭部が痺(しび)れているような感覚がある。その痺れが、じわじわとこめかみから頬にかけて侵出してきている。右手の二の腕から下の皮膚にも、ぞわぞわと鳥肌が立ち始めている。そして扉の外をたまに行き交う足音が、ちょうど昔の出来の悪いハイファイビデオのように妙に反響して聞こえる。……また始まったのだと思う。

もし私が今電話に出たとして、間違いなくアレが起こる。

初めて経験したのは、三年前だった。

ある日電話で仕事の話をしていると、受話口から自分の声がコンマ五秒遅れぐらいで聞こえてきた。

あれ？

電話機が壊れたのだと思い、もう一台の子機に切り替えて再び用件を話し始めた。が、もう一台の子機も何故か同時に壊れたらしく、同じように自分の声が受話口から漏れ聞こえてくる。

その後買い物に外出して、携帯にかかってきた電話を取ったときもそうだった。ふたたび受話口から自分の声がコンマ五秒遅れで聞こえてきた。

ついていない。電化製品が壊れるときはこういうものだと思っていた。

が、数日後、郷里の姉と話しているときにもこれが起こった。相手の声が妙に聞きづらい。電話類が一斉に不具合を起こしたのだと事情を説明すると、姉は一瞬黙り込んだ後、こう言った。

「壊れてんのは電話じゃなく、あんたのほうだよ」

それでようやく自覚した。冷静に考えてみれば、電話という電話に一斉にこういう故障が起きるはずもない。

ディレイ――自分の声がコンマ何秒か遅れて聞こえる、典型的な幻聴の一種だ。

きっかけは、あった。それまで依頼されていた定期的な仕事が急になくなった。由香の収入のメインの仕事でもあったが、新しい編集長になって、その雑誌の方向性が変わったのだ。つまり由香は用済みになった。継続、あるいは新しい依頼を求めて必死に頭を下げ続ける由香に対し、新編集長は笑ってこう言った。

「なんていうかさ、あんたの記事、妙に暗いんだよね」

途端にその編集部内の二、三箇所から、クスクスと忍び笑いが聞こえた。

「それにさ、森川さん、あんたの他にも色々と活きのいいライターが出てきててね。彼らにもチャンスをやらないとね」

あまりのショックに、何も言い返すことが出来なかった。

いったんはその編集部を出たものの、やはり諦めきれず廊下を引き返し、編集部のドアをノックしようとした直後、内部から爆笑が聞こえてきた。

「あの人ってさ、ホンッと暗いよねー」

「実は前の編集長もさ、首を切りたくてたまらなかったんだよ。気持ち悪いしね。でも彼女さ、いつも妙に切羽詰まったような表情を浮かべているからさ、さすがに同情して、切るに切れなかったみたい」

「やだっ。これで自殺なんかしちゃったら、寝覚め悪ぅー」

途端にまた爆笑の渦が起きた。

由香は茫然と扉の外に立ち尽くしていた。

そうだったのか、と思った。

仕事を継続してくれていた前編集長。他人行儀だけれど、いつも仕事をくれていたことには感謝していた。と同時に、自分の能力を認めてくれているのだとも感じていた。でも結局のところ、私はずっとお情けで仕事を貰っていたのだ。

本当は私のことが疎ましかった……編集部の人たちも、実はみんなそう思っていた。

耐えられなかった。屈辱に膝頭がかすかに震えた。

しかし、それ以上に重苦しい現実がのしかかってきた。この雑誌の仕事がなくなったことで収入が激減する。やがて他の新しい依頼も徐々に先細りになっていくだろうと感じた。フリーのライターとはそういうものだ。ある程度の有名な雑誌でそのライター名を見る機会が減れば、他の雑誌編集部に認知されることも少なくなる。当然のように引き合いも来なくなる。

ただでさえ少ない貯金がどんどん目減りしていった。

焦り、苛立ち、以前に付き合いのあった雑誌社に、用もないのに無器用に顔を出すようになった。そのたびに（あんた、いったい何しに来たの？）という顔をされた。

惨めだ。無様だ。

自分でもそれは分かっていた。それでも生きていかなくてはならない。そのためにはとにかく仕事、仕事が欲しかった。

冷笑され、無視され、ときには持っていった自分の記事のファイルをゴミ箱にすとん、と落とされたりもした。

あるタブロイド紙の編集長に言われた。

「あのさあ、隣の編集部の体験談の話ならあるけど。適当なライターを探しているんだって」

ようは、エロ雑誌のＯＬ体験談コーナーだった。

その仕事を請けた帰り、夜道を歩きながら一人泣いた。

記事を書き上げた数日後、エロ雑誌の編集長から苦情を言われた。と言うより、怒鳴られた。

「澄ましてんじゃないよっ。上品ぶった内容なんか誰も読みたかねーんだよ。もっと生々しく書け。書けよ。なっ」

だが、男性経験がなく、正真正銘処女の由香には、どうしてもそれ以上のことは書けなかった。結局は一回でクビになった。

それからしばらくして、まずディレイが頻繁に起こるようになった。

ある雑誌社には、とある取材に行って来いと条件を出された。それをやったら根性を認めて今後も定期的に使ってやる、と。

当時、ようやく捕まったレイプ犯がいた。その男に強姦された女性の一人の、インタビューを取って来いと言われたのだ。業界では通常、セカンドレイプといわれている仕事だ。強姦されて傷ついている女性に、その時の出来事のインタビューを申し込む。そして相手を精神的にもう一度レイプすることになる仕事……。

しかしいざ現場に着いてみると決心が鈍り、相手の家のある区画を三時間近くもうろつき廻った。夜の十時過ぎになり、ようやく腹を決め、恐る恐るインターホンを押し、インタビューをしたい旨を伝えた。

扉が開き、父親と思しき中年男性からいきなり張り手を喰らった。背後にいた母親からもバケツにいっぱいの冷水を浴びせかけられた。

「あんたっ、それでも人間なの！」

十一月だった。由香はずぶ濡れになりながらも、当然だと思った。私は自分が食べていくために、鬼のようなインタビューを申し込んだ……断られて当たり前だ。罵倒(ばとう)されても叩かれても、当然だ。

結局インタビューには失敗したものの、その週刊誌の編集長は由香の根性を多少は認めてくれたらしく、少しずつ小さな仕事を回してくれるようになった。

それでもその取材以来、由香は密かに自分を責め続けた。

……自分が生きていくために、私は他人を踏み台にしてそのきっかけを作った。たぶん彼女は今でも泣いている。その両親だって世の中に対する不信にまみれている。私はその駄目押しをした。その自責の念が、じわじわと心を蝕んでいった。

内腿に原因不明の湿疹(しっしん)ができ、それが両太腿まで広がり始めた。

皮膚科の病院に行っても、医者は首を傾げるばかりだった。原因がまったく分からないという。ステロイド入りの塗り薬を渡されただけだ。次に訪れた精神科では、湿疹もディレイの症状も、ストレスによる神経症だとはっきり宣告された。

ただでさえ不眠症気味だった由香は、以前にも増して眠れなくなった。

ある日の夜のことだ。

眠れなくて内腿の湿疹を掻(か)いていると、窓の外から三味線の音が響いてきた。

べん、べんべべん、べんべんべん――。

時計を見るともうすぐ三時になろうとしていた。こんな夜中に……。

その三味線の音は、しばらく続くと突然止んだ。

また太腿が痒(かゆ)くなって掻いた。

同時に三味線の音が聞こえ始めた。

べんべべん、べんべんべん――。

ふと掻くのを止めた。三味線の音は途絶えた。

「……」

ふたたび搔いてみた。途端に三味線の音が聞こえ始めた。

べんべんべん。べんべべん、べん――。

搔くのを止めた。音は止まった。

由香は布団の上に半身を起こしたまま、しばらくじっとしていた。

私だ、と思った。

この三味線の音は、私の中から聞こえているのだ。

ついに、末期症状の幻聴……。夜中の三時過ぎに、一人でゲラゲラと笑い出した。

あたしは、本当におかしくなりかけている――。

次第に暗くなっていく窓の外を眺めながら、その後のことを思い出す。

結局、その雑誌社の仕事は辞めた。

自分から言い出して辞めさせてもらった。ふたたび収入が少なくなり、また雑誌社廻りの営業を続けた。そうやってプライドと引き換えに小さな仕事をこつこつと拾っていった。

軽んじられ、顎の先で使われるのはまだ耐えられる。

でも、と思った。

人としてやってはいけないことを犯したときの自責の念には、私は耐えられない……。

ディレイは依然として続いていたが、三味線の音はもう聞こえなくなった。

ようやく生活が落ち着きだした半年後、あの女性の家をこっそりと訪ねてみた。

五月の休日だった。午後イチから、ずっとその家の付近をうろついていた。

玄関の扉が開いたのは、三時過ぎだ。

若い女性が一人、姿を現した。ぴっちりとしたジーンズに黒と赤のストライプのシャツを着ている。セミロングの茶髪に、手にはエルメスの黒い財布。

この家に娘は一人しかいない。だから彼女に間違いない。由香はこっそりと娘の後をつけていった。

やがて彼女は地元の商店街に着くと、こぢんまりとした八百屋の軒先で立ち止まった。

「おじさんさ、今日はなにが安い？」

意外に明るい声だった。

店先に立っていた八百屋の親父が、今日はトマトと大根と小松菜、激安だよ、と陽気なダミ声で答えた。

娘は少し笑って、「じゃあ、まずはそれをもらおうかな」と、うなずいた。

娘はその後、ドラッグストアに寄り、さらに小物を買い足して、再び自宅に戻り始めた。

ふと思いたち、その帰路で足早に彼女を追い越した。五メートルほど先まで来た時点で、肩掛けのバッグの中から携帯を取り出す真似をして、わざとハンカチを落とした。ハンカチを落としたことに気づかぬ素振りで、さらに数歩進んだとき、後ろから声がかかった。「あのう、すいません」そして一呼吸あったあと、もう一度声が聞こえた。「ハンカチ落としましたよ」

悪いことをしている。それでも彼女の声と、その表情を近くで見てみたかった。

由香は内心の緊張を隠し、ゆっくりと振り向いた。彼女がハンカチを片手に、こちらを見ていた。

「あ、すいません」由香はいかにも慌てたような声を上げた。そして恐縮した素振りで相手へと足早に近づいていった。「ありがとうございます」

するとと相手は少し微笑み、

「いいえ」

と、ハンカチを差し出してきた。その手首に自分のようなリストカットの跡はない。

「ご親切に、ありがとうございます」

その手からハンカチを受け取り、改めて頭を下げた。

ごめんなさい。あの時は本当にごめんなさい。

そう内心でつぶやいた。

娘は再び笑った。

「いいえ。いいんですよ。お互い様です」

娘からハンカチを渡されたあと、すぐに前方の十字路を右に曲がった。そのあと、我慢できずもう一度後ろを振り向いた。娘は十字路を通り過ぎながらも、ちらりとこちらを見た。

由香はふたたび頭を下げた。娘も微笑み、頭を下げ返してきた。

それで終わりだった。

駅に引き返しながらも由香は思った。

彼女のごく自然な素振り……。

ひょっとしたら家の中では違うかも知れなかった。自分の部屋に一人で居るときなど、ひっそりと涙を流しているかも知れなかった。せっかくの日曜なのに、三時過ぎまで家の中にいた。

それでも由香は少し救われた気分になった。彼女はもう、こうして外に出て、社交辞令かもしれないが笑顔を見せられるようにまでなってきている。他人の落し物に気づき、拾ってあげられる精神的な余裕もある。少しずつ社会復帰している。

それが、自分本位の希望的観測を含んだ想像であることは由香にもよく分かっていた。

それでも現実に彼女の微笑を見て、彼女のあの対応を目にして、少しほっとしていた。

帰りの電車の中でも、彼女と自分の間に横たわっている事件を考えた。

自分の安心を得るためだけに、今日やってきた。そして彼女をつけ、わざとハンカチを落として相手の反応を見た。

……私は、汚い。

でも、やはり安心した。以降、ゆっくりとではあるが、ディレイの現象は減っていった。三味線の音は、もう二度と聞こえなかった。


いつの間にか窓の外に見える空は、もうすっかり暗くなっていた。

やはり今日は、食堂でご飯を食べなくて正解だったと思う。ストレスがかかると、今でもたまにこうしてディレイの症状が出る。たぶんみんなの皿の音や汁物を啜る音が、耳の中で反響を起こす。そんなときに人前に出つづけたまま、自分の表情を晒す勇気がない。

枕元に置いた腕時計を見る。午後七時三十分。

目をつぶった。今までの経験で分かっている。このまま朝までゆっくりと布団の中にいよう。ゆっくりと気持ちを休めよう。

大丈夫。大丈夫。

時間だけはみんなに平等だ。時間さえ経てばやがて朝が来て、新しい一日が始まる。そしてそうなれば、このディレイの症状は治まっている。

だからもう、今夜は目をつぶろう——。

午後の疲れもあったのだろう、柏木はいつの間にか畳の上に大の字になったまま、ぐっすりと眠り込んでいた。

携帯の鳴る音で、柏木はようやく目覚めた。

携帯を手に取り、フリップを開ける前に時計表示を見た。七時三十三分。

「あ、柏木さんですか」関根の声が聞こえる。「少し遅くなりましたが、今から五分後に宿の前でいかがでしょう」

「分かりました。いいですよ」

携帯を切り、むくりと起き上がる。壁に備え付けられている姿見で、髪の寝癖を直す。

それからズボンを穿き、部屋を出た。

一階南側の廊下を過ぎようとして、食堂内にいる受講者の面々が目に留まった。食べ終わった皿の並んだ長テーブルの中央付近に、まだ五、六名の男たちが残っている。ビールを傾けている人間もいた。なんとなく感じた。これからセミナーが終わるまでは間違いなく同志。仲良くしておこうという意識が無意識に作用している。

向こう側に竹崎と浅川の姿が見えた。通りすがりの柏木を見ると、二人ほぼ同時に、やあ、という顔をした。さらに竹崎は軽く手を上げてくる。うなずき返しながらその前を通り過ぎた。

玄関で靴を履きながら、ふとおかしくなる。

柏木には分かる。父島の展望台で話しかけられたときに、はっきりと感じた。

あの竹崎は、おれと同質の暗い部分をその背後に背負っている。心の奥底に闇がある。間違いなく。

だが、たとえその内面がどうであろうと、竹崎はどんなときでも社交的に振る舞えるらしい。闇を、持ち前の気さくで陽気な仮面でしっかりと覆い隠している。でなければ、あんな皮肉を利かせた言い方を、明るく笑いながら切り返せたものではない。

そのやり方も、ある意味自分と同質とも言える。

柏木は、時おり自分の言動を思う。

わざと粗野に、はったりを利かせ、自ら豪放なポーズをつけている。豪放と陽気という言葉には、似通ったニュアンスがある。細かいことに拘らずに明るく生きる、というニュアンス。心の闇をカモフラージュするために今までそうしてきた。そしてそういう言動を長年続けることによって、その振舞いが、第二の気質というところまで育ってきている。思考も同化し始めている。

少年時代……冬になると空っ風の吹きすさぶ北関東の孤独の中にいた。

本来のおれは、陽気なんて柄じゃない。

——が、まあいい。おれはおれだ。今さら変えられるものでもない。

宿の外に出ると、ちょうど空き地の先からやってくる二人の人影が見えた。小泉と関根だ。二人は路上に立つ柏木を認めると軽く頭を下げてきた。

「待ちました？」小泉が微笑みながら話しかけてくる。

いえと、答える。「ぼくもちょうど出てきたところです」

ぼく、といつも使わない言葉を口に出すことに、先ほどの風呂場でも多少の抵抗があった。

「そうですか。よかった」小泉はうなずいた。「じゃあ早速お店に移動しましょうか」

三人連れ立って歩き出しながら、前から思っていたことを柏木は聞いてみた。

「ぼくらとは、父島でも宿が違いましたよね」

「はい」と、今度は関根が口を開いた。「やはりセミナー参加者の皆さんと同じ宿っていうのは、色々と不都合も出てくる場合があるものですから」

柏木はうなずいた。

住宅街を抜けていく途中、『南洋荘』よりはるかに小さな民宿があった。民家に毛が生えた程度のものだ。

「あれですよ」と、照れ笑いを浮かべながら関根が指差した。「ぼくらが泊まっている宿は」

なるほど、と柏木は思う。やはりこのNPO法人『青葉の会』というのは、かなりマトモな団体のようだ。世の中には、暴力団が半分関わっていたり、企業利潤の抜け穴として存在するようないかがわしいＮＰＯ団体もあるが、そういう組織に限って、妙に資金が潤沢だったり、宣伝も寄付の募り方も巧妙だったりする。

考えてみれば、企業と違って金儲けが目的の組織ではないのだから、そういう法人が資金を潤沢に持っていること自体、おかしいのだ。

「こんばんは」

不意に小泉が声を出した。見遣ると、二人の女性が前方からやってきていた。見覚えのあるオバサン二人組。セミナー合格者の女性たちだ。

こんばんは、と彼女たちも立ち止まり、挨拶を返してきた。

「今日は外ご飯ですか」小泉がさらに話しかける。

「ええ」と、一方が答えた。「パスタ屋さんに行った帰りです」

「おいしかったですか」

「まずまずですわ」

「そういえば今日の午後は大変でしたね」もう一方が柏木と関根のほうを見て話しかけてくる。「彼女は大丈夫かしら？」

ええ、と関根が答える。「夕刻には、もうかなり落ち着いたみたいで私たちも安心しました」

柏木は覚えている。

この二人のオバハン。昨日まではおれと目が合ってもすぐ気まずそうに目を逸らせていた。が、今日はおれがいても平然と振舞っている。スタッフが一緒にいる安心もあるのだろうが、時おりこちらに向けられる視線の印象は、昨日までのものとは大違いだ。

はははあ、とようやく悟った。みんな、おれが汗水たらしてあの女を背負っていた姿を目の当たりにしている。どうやらその見てくれほどは悪い人間じゃなさそうだという印象に変わっている。

そのパスタ屋とやらでの、二人の会話のやり取りが目に浮かぶようだった。

でもね、あの柏木さんって、意外といい人じゃないかしら。

だわよ。じゃなかったらいくら交代とはいえ、あんな重い人を汗水たらして運ぶ気にはなれないもの。

思わず内心ニヤリとする。

ま、よく思われて悪い気はしない。それが今後も同一行動を取るメンバーならなおさらだ。

スタッフ二人に案内されて連れて行かれたのは、閑散とした住宅街の外れにある寿司屋兼居酒屋だった。平屋の脇に『大漁』という大きな幟（のぼり）が淋しげに立っている。

カウンター奥にある座敷に座ったあと、まずはビール——大ジョッキの生——を三杯頼んだ。ビールがやってくるまでの間に、酢の物サラダ、島寿司、刺身の盛り合わせ、そしてアオウミガメの煮付けを追加した。

「じゃあ、どうも柏木さん」やって来たジョッキを高々と掲げ、関根が微笑む。「あの場に柏木さんが居てくれて、本当に助かりました。ありがとうございました」

いやいや、と言葉を返しつつも、柏木はさすがに照れた。なにせあらたまって人に感謝されたことなど、ここ数年絶えてない。

「私からも改めてお礼を申し上げます」小泉もにこやかにジョッキを上げる。「ありがとうございました」

三人でささやかな乾杯をしたあと、柏木は自分の聞きたかったことを思い出した。

「しかし、あれですね」と、思ったままを口に出す。「今回のこの研修は、船での前後を除けば、この小笠原で十日と半日あるわけですよね」

「はい」

と、小泉がいつものように愛想よく答える。隣の関根も大きくうなずく。

少し言いづらい——そう思いつつも、柏木は言葉をつづけた。

「けど、このセミナーの合格者選考は、初日を入れてたった三日で終わっていますよね。それが自分にはなんとも不思議なんですが……」さらに歯切れ悪く言葉をつむぐ。「審査された側の自分が言うのもおかしいですが、せっかく十日間以上の時間があるのですから、もっとこう、時間をかけて慎重に選ばれるべきというか……それ以降のこともあるでしょうし……」

結局、最後には尻すぼみになった。

小泉は関根と顔を見合わせると少し微笑み、柏木のほうに向き直った。

「つまり、こういうことでしょうか。もし合格者の方々が希望すれば、私どもとしては再就職先も斡旋してさしあげなければならない。それなのに合格者をこんなに短時間で即決して大丈夫なのか、ということをお尋ねになりたいわけですか」

「そうです、そうです」つい急き込むようにして柏木はうなずいた。「自分らのことでこういうことを言うのもなんですが、それで本当に企業側に安心して紹介できるのかな、と」

ふたたび小泉は関根と顔を見合わせた。しかし今度は、どちらの顔にも笑みはなかった。

ややあって小泉が口を開いた。

「少し堅苦しい話になりますが、よろしいですか」

柏木はうなずいた。それを受けて小泉は話し始めた。

「最初に申し上げておきたいのは、このセミナーは、就職を斡旋するために合格者を厳正に審査することが目的ではない、ということです」

「はあ」

「目的はむしろ逆です」

「私どもはこのセミナーで、できるだけ多くのみなさんに、今後はよりよい社会生活を送っていただけるようにと考えております。ですから一次セミナーの講義も――わずか三日間ではありましたが――確率論や認知論など、今後の生活や仕事全般にも通じる内容に設定させていただいたつもりです。残念ながら今本土に戻りつつある方も、あれらの受講内容をどういうカタチかで悟られることがあれば、今後何かに取り組まれるときに、間違いなく役立ってくる考え方だと、私どもは思っております」

言われたとおり、なんだか小難しい話になってきたな、と感じる。話全体の輪郭(りんかく)はなんとなく摑むことができるのだが、でも何故そういう流れになるのかは、柏木の脳ミソのポテンシャルでは自信を持っては分からない。小泉の話はさらにつづく。

「また合格者の方には、その新しい社会参加の場の具体的な施策として、就職斡旋も用意させていただきました。とは言いつつも、一次セミナーの講義の段階において理解力に問題のある方を、新しい職場、ないしは新しい社会参加の場にご紹介することは、お互いにとって不幸になるだろうと考えております。つまりは、基本的な考え方の構築の仕方ということですね。正しい考え方の方法論を持っていらっしゃらない方は、どんなに努力をされてみたところで、やはりうまくいかない場合が多いものです。ですから、はなはだ不本意ながら試験というカタチを取ってふるいにかけさせていただいた次第です」

「なるほど」

「ただ正直、受講者の方々を選別させていただいた時点で、かなり忸怩たるものはありました。公平にテストの採点をしたつもりですし、このセミナーが皆様の今後に役立ってくれるだろうことにも私どもは自信を持っているつもりですが、それでも色々と疑問に感じることはあります」

「疑問？」

柏木がそう聞くと、小泉は不意にため息をついた。

「私たちは『神』ではないのに、こんな神の視点から受講生の方を選別してしまう危険性と、その傲慢さにです」

「……」

柏木はなんと答えればいいか分からなかった。

あんたたちは良かれと思ってやっていることなんだから、それでいいんじゃないか？

しかもおれたちは、学生のときも社会人になってからも、常に世間のシステムから選別され続けてきている。時にはもっと無慈悲に、もっと理不尽にふるいにかけられてきた。

だから、今さらその選別が一つ増えたところで、どうってことはあるまい。

柏木はそう口に出したかった。

しかし、たぶんこの女の悩んでいることは、そういう世俗的な比較論の話ではない。もっと内面的な問題として、セミナーのあり方に疑問を持っている。

だが、おれは彼女のその気持ちに意見を挟むには、立場が違う。

だから黙っていた。

ややあって関根が労る(いたわ)ように口を開いた。

「でも小泉さん、柏木さんを前にして言うのもなんですが、みなさんそれを承知でこのセミナーに参加されているんです。だからぼくらも悪い意味でなく、そこらあたりは割り切らなくては、と思いますよ」

「そうですよ」と、柏木もフォローした。「みんな分かって、このセミナーに参加している。そんなことは先刻承知の上ですよ」

ようやく小泉は、小さく口を開いた。

「そうね……そうかも知れない」

まだ心持ちうつむいている小泉の横で、関根がジョッキを傾けた。そして柏木のほうを見て不意に笑った。

「しかし柏木さん、あなたはとても面白い方ですね」

「は？」

「レポートです」関根はなおも微笑む。「審査が終わったあと、我々の間で話が出ました。

柏木さんのレポートはとても面白い、たぶん自分独自の感覚をしっかりとお持ちの方だから、こういう独特のレポートを書けるのだ、と」

一瞬その意味を摑みかねたが、褒（ほ）められているのにすぐに気づく。

「いやいや――」と、つい柄でもない声を上げる。

ふと、風呂場での山口の言葉を思い出した。

どうせ彼らは知っている。だから言ってもいい。

「もともとが半端モノですから。小泉さんも関根さんも、実際にはそういった人種とお付き合いはなかったでしょ。だからその半端モノの感覚が新鮮に映るだけですよ」

すると小泉も微笑んだ。

「柏木さん、職業は関係ないと思いますよ。オリジナルな人は、やはりどの業界にもいるでしょう。むろん、業界によって、その割合に増減はあるかもしれませんが」

ふと一日目の講義を思い出す。

「それもある種、確率ですか」

柏木はつい言った。小泉も関根も、笑った。

（下巻へ続く）

本書は『人生教習所』（二〇一一年九月　中央公論新社刊）を上下巻に分冊したものです。

中公文庫

人生教習所（上）

2013年6月25日　初版発行

著　者　垣根涼介

発行者　小林敬和

発行所　中央公論新社
〒104-8320　東京都中央区京橋2-8-7
電話　販売 03-3563-1431　編集 03-3563-3692
URL http://www.chuko.co.jp/

DTP　嵐下英治
印　刷　三晃印刷
製　本　小泉製本


Published by CHUOKORON-SHINSHA, INC.
Printed in Japan　ISBN978-4-12-205802-6 C1193

定価はカバーに表示してあります。落丁本・乱丁本はお手数ですが小社販売部宛お送り下さい。送料小社負担にてお取り替えいたします。

う-25-2
**そこに薔薇があった**
打海文三
ある春の日。一人の青年の前に、次々と現れた魅力的な三人の女性たち。彼女たちの出現、それは連綿と続く殺人事件の始まりだった……。〈解説〉池上冬樹
204554-5

う-25-3
**ロビンソンの家**
打海文三
ぼくは高校を休学し、かつて家族で住むはずだった「Rの家」へ向かった。無人のはずのその家には、意外な先住者たちが……。青春ミステリ。〈解説〉村上貴史
204595-8

う-25-4
**ぼくが愛したゴウスト**
打海文三
それは初めて、少年が一人でコンサートへ行ったときからだった。帰り道に駅で事故を目撃してから、世界はどこか自分と違っていた。この不思議な世界、少年は何処へ向かう……。
205060-0

か-61-2
**夜をゆく飛行機**
角田光代
谷島酒店の四女里々子には「ぴょん吉」と名付けた弟がいて……うとましいけれど憎めない、古ぼけてるから懐かしい家族の日々を温かに描く長篇小説。
205146-1

か-61-3
**八日目の蟬（せみ）**
角田光代
逃げて、逃げて、逃げのびたら、私はあなたの母になれるだろうか……。心ゆさぶるラストまで息もつがせぬ傑作長編。第二回中央公論文芸賞受賞作。〈解説〉池澤夏樹
205425-7

こ-24-4
**唐沢家の四本の百合**
小池真理子
洒落者の義父をもつ三人の嫁と、血のつながらない娘。雪の降りしきる別荘で集う四人のもとに届いた一通の速達が意味するものは……。〈解説〉郷原　宏
202416-8

こ-24-7
**エ　リ　カ**
小池真理子
急逝した親友の不倫相手と飲んだのをきっかけに、エリカは、彼との恋愛にのめりこんでいく。逢瀬を重ねていった先には何が……。現代の愛の不毛に迫る長篇。
204958-1

こ-24-8
**ストロベリー・フィールズ**
小池真理子
平穏な家庭を営む夏子の前に現れた青年。その危険なまでの若さに触れ、彼女は目を背けてきた渇きに気づく。一人の女性の陶酔と孤独を描く傑作長篇。〈解説〉稲葉真弓
205613-8

と-25-22
波紋　警視庁失踪課・高城賢吾
堂場瞬一
異動した法月に託されたのは、五年前に事故現場から失踪した男の事件だった。調べ始めた直後、男の勤めていた会社で爆発物を用いた業務妨害が起こる。
205435-6

と-25-20
裂壊　警視庁失踪課・高城賢吾
堂場瞬一
課長査察直前に姿を消した阿比留室長。荒らされた部屋を残して消えた女子大生。時間がない中、二つの失踪事件を追う高城たちは事件の意外な接点を知る。
205325-0

と-25-19
漂泊　警視庁失踪課・高城賢吾
堂場瞬一
ビル火災に巻き込まれ負傷した明神。鎮火後の現場からは身元不明の二遺体が出た。傷ついた仲間のため、高城は被害者の身元を洗う決意をする。第四弾。
205278-9

と-25-17
邂逅　警視庁失踪課・高城賢吾
堂場瞬一
大学職員の失踪事件が起きる。心臓に爆弾を抱えながら鬼気迫る働きを見せる法月。その身を案じつつも捜査を続ける高城たちだった。シリーズ第三弾。
205188-1

と-25-16
相剋　警視庁失踪課・高城賢吾
堂場瞬一
「友人が消えた」と中学生から捜索願が出される。親族以外からの訴えは受理できない。その真剣な様子にただならぬものを感じた高城は、捜査に乗り出す。
205138-6

と-25-15
蝕罪　警視庁失踪課・高城賢吾
堂場瞬一
警視庁に新設された失踪事案を専門に取り扱う部署・失踪課。実態はお荷物署員を集めた窓際部署だった。そこにアル中の刑事が配属される。〈解説〉香山二三郎
205116-4

た-83-1
さよならの扉
平安寿子
夫の死に際に、愛人発覚。どうする本妻⁉ 人生の醍醐味はオトナの女にしかわからない。本妻と愛人の奇妙な関係を、ユーモラスに描いた長篇小説。
205620-6

こ-24-9
東京アクアリウム
小池真理子
不意に現れる恋人の霊、最終の新幹線で浮かぶ父の思い出……。出会いと別れの記憶が、日常に波紋を起こす。短篇の名手による、大人のための作品集。
205743-2

各書目の下段の数字はISBNコードです。978－4－12が省略してあります。

と-26-9
SRO I 警視庁広域捜査専任特別調査室
富樫倫太郎
七名の小所帯に、警視長以下キャリアが五名。管轄を越えた花形部署のはずが——。警察組織の盲点を衝く、連続殺人犯を追え！ 新時代警察小説の登場。
205393-9

と-26-10
SRO II 死の天使
富樫倫太郎
死を願ったのち亡くなる患者たち、解雇された看護師、病院内でささやかれる『死の天使』の噂。SRO対連続殺人犯の行方は。待望のシリーズ第二弾！ 書き下ろし長篇。
205427-1

と-26-11
SRO III キラークィーン
富樫倫太郎
SRO対〝最凶の連続殺人犯〟、因縁の対決再び!! 東京地検へ向かう道中、近藤房子を乗せた護送車は裏道へ誘導され——。大好評シリーズ第三弾、書き下ろし長篇。
205453-0

と-26-12
SRO IV 黒い羊
富樫倫太郎
SROに初めての協力要請が届く。自らの家族四人を殺害して医療少年院に収容され、六年後に退院した少年が行方不明になったというのだが——書き下ろし長篇。
205573-5

と-26-19
SRO V ボディーファーム
富樫倫太郎
最凶の連続殺人犯が再び覚醒。残虐な殺人を繰り返し、日本中を恐怖に陥れる。焦った警視庁上層部は、SROの副室長を囮に逮捕を目指すのだが——。書き下ろし長篇。
205767-8

も-25-1
スカイ・クロラ The Sky Crawlers
森博嗣
戦闘機乗りの僕には、戦闘が日常。直接ではないけれど、人を殺す……永遠の子供「キルドレ」を巡る物語、ここに完結。〈解説〉鶴田謙二
204428-9

も-25-2
ナ・バ・テア None But Air
森博嗣
空でしか笑えない「僕」は、飛ぶために生まれてきた子供なんだ——僕と彼、そして彼女。戦争を仕事にする子供たちの物語、開幕！〈解説〉よしもとばなな
204609-2

も-25-3
ダウン・ツ・ヘヴン Down to Heaven
森博嗣
戦闘機に乗ることに至上の喜びを感じる草薙だが、戦闘中に負傷し入院、鬱屈した日を過ごすことに。組織に守られる身になじめないまま——〈解説〉室屋義秀
204769-3

各書目の下段の数字はISBNコードです。978 - 4 - 12が省略してあります。

も-25-5
フラッタ・リンツ・ライフ Flutter into Life
森 博嗣
沢山の命が、最後だけ、ほんの一瞬だけ、光ってから散っていくみたいだった——地上での濁った生よりも輝くものを知っている「僕」たちの物語。〈解説〉荻原規子
204936-9

も-25-7
クレィドゥ・ザ・スカイ Cradle the Sky
森 博嗣
「僕」は病院を抜け出し「彼女」の車で地上を逃げる。二度と空には、戦闘機には戻れないと予感しながら。謎に満ちた逃避行の先に待つものは？〈解説〉押井 守
205015-0

も-25-8
スカイ・イクリプス Sky Eclipse
森 博嗣
空で、地上で、海で。「彼ら」は「スカイ・クロラ」の世界で生き続ける——物語の謎を解く鍵がここに。大人気シリーズ、最初で最後の短編集。〈解説〉杉江松恋
205117-1

や-51-1
ひなた弁当
山本甲士
会社をリストラされ、家族からも愛想を尽かされる居場所のない男に、あるアイディアが⁉ ほんの半歩踏み出す勇気、それが「ひなた弁当」のレシピ。
205535-3

や-51-2
巡る女
山本甲士
十二年前、魚貫めぐるは公務員試験を受けに行く途中で立ち往生していた——もしあの日、別の道を選んでいたら、どんな人生を送っていたのだろうか。書き下ろし長篇。
205577-3

や-51-3
戻る男
山本甲士
一発屋の作家・新居に届いたタイムスリップ案内状。詐欺だと知りつつも、彼にはいじめられていた事や女に手痛く振られた事など、やり直したい過去があった……。
205619-0

や-53-1
もぐら
矢月秀作
こいつの強さは規格外——。警視庁組織犯罪対策部を辞し、ただ一人悪に立ち向かう「もぐら」こと影野竜司。最凶に危険な男が暴れる、長編ハード・アクション。
205626-8

や-53-2
もぐら 讐
矢月秀作
警視庁に聖戦布告！ 影野竜司が服役する刑務所が爆破され、獄中で目覚める〝もぐら〟の本性——超法規的、過激な男たちが暴れ回る、長編ハード・アクション第二弾！
205655-8

や-53-3 もぐら 乱　矢月秀作

女神よりも美しく、軍隊よりも強い――次なる敵は、中国の暗殺団・三美神。影野竜司が新設された警視庁特務班とともに暴れ回る、長編ハード・アクション第三弾。

205679-4

や-53-4 もぐら 醒　矢月秀作

死ぬほど楽しい殺人ゲーム――姿なき主宰者の目的は、復讐か、それとも快楽か。凶行を繰り返す敵との、超法規的な闘いが始まる。シリーズ第四弾！

205704-3

や-53-5 もぐら 闘　矢月秀作

新宿の高層ビルで発生した爆破事件。爆心部にいた被害者は、iPS細胞の研究員だった。新細胞開発に蠢く闇に迫る！　シリーズ第五弾。

205731-9

や-53-6 もぐら 戒　矢月秀作

首都崩壊の危機！　竜司の恋人は爆弾とともに巻き付けられ、警視庁にはロケット弾が打ち込まれた。国家を、そして愛する者を救え――シリーズ第六弾。

205755-5

よ-25-1 TUGUMI　吉本ばなな

病弱で生意気な美少女つぐみと海辺の故郷で過した最後の日々。二度とかえらない少女たちの輝かしい季節を描く切なく透明な物語。〈解説〉安原　顯

201883-9

よ-25-2 ハチ公の最後の恋人　吉本ばなな

祖母の予言通りに、インドから来た青年ハチと出会った私は、彼の「最後の恋人」になった……。約束された至高の恋。求め合う魂の邂逅を描く愛の物語。

203207-1

よ-25-4 海のふた　よしもとばなな

ふるさと西伊豆の小さな町は海も山も人もさびれてしまっていた。私はささやかな想いと夢を胸に大好きなかき氷屋を始めたが……。名嘉睦稔のカラー版画収録。

204697-9

よ-25-5 サウスポイント　よしもとばなな

初恋の少年に送った手紙の一節が、時を超えて私の耳に届いた。〈世界の果て〉で出会ったのは……。ハワイ島を舞台に、奇跡のような恋と魂の輝きを描いた物語。

205462-2